U0797084

大魚讀品
BIG FISH BOOKS

让日常阅读成为砍向我们内心冰封大海的斧头。

她跟我聊到枫树、水的微笑以及永恒

[法]安东尼·帕耶 著
高原 译

北京联合出版公司
Beijing United Publishing Co.,Ltd.

本书最后一章

是安东尼·帕耶为读者准备的新增章节。

作者在那里回应了读者对

《她跟我聊到枫树、水的微笑以及永恒》

这部作品的反响。

时钟指示时间，又是什么指示永恒？

——

沃尔特·惠特曼，1855，《草叶集》

什么是永恒？永恒就是非常紧凑的一分钟。

——

皮埃尔·德里耶·拉罗谢尔[1]，1921，《身份》

时间就像一条由无数事件组成的河流。

——

马克·奥勒留，公元2世纪，

《活出自己的伟大》（原名《沉思录》）

---

1 法国二流作家，第一次世界大战期间叛变法国，为德国效力，仇视犹太人。其言辞通常避免被用作引语，但只有这句话最为公正且经典。

谨以此书献给埃莉斯·布赫嘉德

（她的姓名本非如此）

安东尼

谁是埃莉斯·布赫嘉德？她是一位年老的女士，送给了我两件既讨厌又珍贵的礼物——久久的自责和第一次意识到某些分钟的重要性。我们都非常熟悉这个小孩子的玩笑："一千克铅更重还是一千克羽毛更重？"对于时间而言则恰恰相反。问题是这样的："一分钟是多久？"我们通常会回答："60 秒。"这是个极其错误的答案。的确，有些分钟确确实实是 60 秒，但有些分钟却是永恒，或者至少是一生。

尽管如此，我们却常常无视它们的重要性。一小时，能给人留下深刻的印象。我们能用一小时做很多事情，不是吗？然而这些都可以以分钟来计算，可百分之九十九的时候"分钟"都被我们忽略了。从大的方面来讲，或者单一来说，把许多分钟串联起来会掩盖其中最耀眼的部分。

还是回到埃莉斯这儿吧。这是一个很难说出口的秘密。你们要么会认为我是个狂妄自大的家伙，要么会认为我是个十足的傻瓜。好吧，还是让我来讲讲。认真回想一下我这一生，几乎没有什么事情让我感到羞耻。我是说实实在在的羞耻感，那种你越想忘记越会时不时困扰你的羞耻感。这是一种很重要的情感（或者说是一种感觉，我也说不清），是一种对自身的看法，不可外借。比如，我们可以把一些并不光彩甚至一无是处的——很多时候还是错的——行为夸大其词。这时候经常会有一个微弱的声音对我们说："我说兄弟，你要是觉得你的所作所为让你感到骄傲，那你还真是容易满足！"然而我们对此却无计可施，因为这个声音的主人就是我们自己。这会让人觉得我们为人有问题，我们也不可能让这个微小的声音"闭嘴"。其实最好的解决办法是不要让此类情况发生，而唯一不让此类情况发生的办法就是别做让自己感到羞愧的事。我知道，说着容易做着难。我应该跟那时并不叫埃莉斯的埃莉斯一起探究这个问题。

私密的羞耻感会扰乱你的生活。因为你会感到自己并没有达到那个高度，即便极力搜寻，也没有任何有力的借口去解释、去为自己开脱。

息止安所，埃莉斯。抱歉。

前言

一分钟，六十分之一个小时，一千四百四十分之一个一天。一年有五十二万五千六百分钟。每个活六十岁的人一生拥有三千一百五十三万六千分钟。如果能活到八十岁，那么就有四千二百多万分钟在等你！

我每天刷三次牙，每次两分钟（其实我是为了让我的牙医——他也是我的读者——高兴才夸张地这样说的。实际上，我每天刷两次牙，每次一分半）。我用十五到二十分钟的时间来吃早餐。我很享受早餐时光，它让我重回现实，重新认识周围的生命，重新碰触这个世界，再次感受各种声音和色彩。于是我拖延时间，让每个神经元重回到各自的位置。每天早晨，我用二十到二十五分钟来看邮件、回邮件，并浏览网络头条。午餐我则要选一家钟爱的小馆，花上大约四十分钟的时间；若是与他人共进午餐，这个时间会更久。每周我得花上四十几分钟去安抚一位我很喜欢的姨妈。她死了丈夫，现在单身，有很严重的关节炎，又得了阿尔茨海默病，整天忧心忡忡。比如她总是担心会弄丢她那条也同样上了年纪的小狗。她不再收养其他宠物，就是担心万一哪天她发生什么事而留下一个无辜的小动物。我非常真诚地向她保证，只要不是一只个性十足的大型犬，我一定会照顾它。她礼貌性地表示感谢，但并没真正地放下心来。我可能不会经常带它去遛弯，不会给它最适合的食物；它若得了耳炎、风疹或者肛门腺炎，我肯定也不能及时发现。姨妈的担心是有道理的：我对于犬类耳炎的前期症状一无所知。至于肛门腺炎，我对这个话题更是不感兴趣。但至少我能对它很好,会给它很多爱抚。显然，这并不够。姨妈是一位优雅的女士，受过良好的教育，同时也很风趣，招人喜爱，她总能用她那句略带傲慢的口头禅“我知道什么？”让我开心起来。这是一种记忆的见证与传承。一天，她和我谈起我未曾谋面的外祖父，也就是她的父亲。她说外祖父曾经表示希望自己临死时能对生时很多事情感到遗憾，而我跟他的想法恰恰相反。外祖父希望对人生、落日、佳肴、美女（此处姨妈微微一笑，着重强调了一下“发情的兔子”）、朋友的牌局、书以及诗词抱有遗憾，这些有点互不相干。对我而言，我觉得我可不会因为对某件事情留有遗憾而感到自豪。此时我仿佛听到一个微弱的声音说：“我应该这样做，甚至是本能地这样做。”我也害怕自己某天意识到因为懒惰或者粗心而错过了某些重要的东西，或是与近在咫尺的东西失之交臂。

在我内心深处，自从我不再爬行[1]、能走路开始，自从我不再惧怕别人或自己开始，自从我真正懂得生活开始，似乎只有一种让我无法抗拒的恐惧——错过永恒的、微不足道的，却是决定性的一分钟。最终我说服自己，如果这种担心我无法抗拒，那就是说它其实只存在于我的想象中。简单地说，只有这至关重要的一分钟才是真正的存在。这是这本小说的主线。如果我们留意一下，这个不可预知的一分钟、这个生命中浓缩的瞬间能够改变很多事情。或者反过来说，它也可以在我们毫不知情的情况下消失得无影无踪。我把它想象成命运的一个分岔口。我并不赞同命运是不可逆转的观点。我相信，命运其实一直在给我们展示不同的岔路。这很显然：当我们改变轨迹——或向北，或向南，向东或向西，我们并不在意，我们人生最初的轨道上并未标记着所谓的主线。我们只追逐自己的路。

*　　*　　*

在《疑犯追踪》第二季里的某一集，有个人物（他和我见过的一个叫帕特·飞利浦的人有些相似）吹嘘自己拥有一块价值二百万美元的腕表。他说这块表指示时间非常精准，精确到十亿分之一秒。可是这又有什么用呢？这么短的时间里我们甚

1　可参考作者的另一本小说《他和我聊到樱桃树、灰尘以及一座山》，Pocket 出版社，2014 年出版。

至不能眨一下眼皮，看时间的话就更没必要了。即便是蛇类这种捕猎时速度最快的生物，在面对猎物时都不能以这个速度出击。于是我去看了手表爱好者的博客。据他们讲，这个“非常精准”是虚构的，在现实生活中是不存在的。世界上最精确的表每年误差在 2—10 秒，那些非常好的但不是最贵的表，误差在 15—19 秒。这样我们已经很满意了,不是吗？严谨固然重要，但对于秒的计算如此精准又有什么好处呢？除非是有怪癖。谁能做到一生中每年只有 19 秒的误差？除了某些无法预见的突发情况：某个人在马路中央“偶遇”菜鸟司机，一个倒霉蛋在某个暴风雨的下午被闪电击中，一个路人被倒下的烟囱砸中脑袋——幸好这些巧合都不常见；又或者美国宇航局的工程师按下火箭点火的按钮，但这也不是常有的情况啊！我们在不经意中浪费那么多时间，有时甚至希望时间过得快一点，全身心投入到另一件事情中只是为了不要觉察到时间的流逝，却为何还要对一块手表的精确性如此纠结？相反地，若是 19 分钟的话，那就意义非凡了。如果去认真感受时间的流逝，那么你会惊讶于 19 分钟带给你的回忆。

既然我总是热衷于这种无聊的算术，那就让我来补充说明一下这个“分钟论”。我每晚需要三百到四百分钟来睡觉，而在这段无意识的时间里，一分钟平均只占三百六十分之一。

我重申一下这个观点：不是每一分钟都有同样的价值、同样的分量。比如我们在医生或者牙医的候诊室等上 25 分钟，去翻看三年前的旧杂志——有关于汽车摩托车的，有关于金融股票的，也有关于巴黎赛事或者心理学的——无聊到家，开始后悔为什么没带上平板电脑，或者填词游戏，哪怕是彩线编织也好（可别，我是开玩笑的）。当然，对于人类的生物钟来说，这 25 分钟还是切实存在的。这是机械的 25 分钟，是生物反应的 25 分钟，是神经冲动的 25 分钟。但是对于我们的精神来说，每一分钟都是漫长、空洞而乏味的。但是有时候，某几分钟却能改变我们的一生。在法国，曾经有两个年轻人经过一栋着火的大楼——他们也不知为何会经过那里——其中一个年轻人听到了婴儿的哭声，而消防员却十分肯定里边已经没人。那个固执的年轻人冲过障碍，一分钟后，救出一个女人和一个婴儿。一分钟，两条生命。在美国，一个中年男人的车在途中抛锚。那是一个冬天，他决定徒步回家，而不是在寒风中等修理工到来。就在他穿过一座桥时发现一个年轻女孩企图跳水自杀，他救了那个女孩。一分钟，一条生命。苏门答腊岛曾经发生一次海啸，仅仅几分钟，就有 23 万人被夺去了生命[1]。

这些不寻常的一分钟，永恒的一分钟，往往被无数的稀松平常的一分钟包围，甚至令人厌烦，让我们不愿提起。但至少

1 发生在 2004 年 12 月。

那时这些一分钟是无与伦比的。

这就是亚历山大·柯罗诺斯的发现[1]。

2015年5月，法国

1　大家明白此处是个隐喻。柯罗诺斯，希腊神话中的超原始神，时间和命运的神。（有趣吗？不。如果两者联系起来呢？）不要把柯罗诺斯和泰坦神王克洛诺斯混为一谈，克洛诺斯是宙斯的父亲，众神之首。

目录

亚历山大

第一分钟

2007年，巴黎

几经周折，亚历山大·柯罗诺斯终于在十区找到一处租金适中（不至于让你心脏病突发）、光线充足的两居室住房。这个年轻人大约26岁，有一个工资不错的管理层职位，没债务无贷款，还有他姨妈作为他的金钱保障。他可以预付三个月房租而银行账户无赤字。房屋女中介貌似觉得他很有魅力（总是这样）。亚历山大·柯罗诺斯身材高大，1米83的个子，他也总是认为正是那3厘米让他脱颖而出。他瘦瘦的，身材不错，棕色卷发，有一双跟他妈妈伊丽莎白一样的浅蓝色眼睛。虽然不能跟乔治·克鲁尼、罗伯特·帕丁森相提并论，但他更为年轻，头发颜色更深，所以也称得上是很耐看的类型。他尤其擅长在关键时刻开启“魅力无限”模式。他能准确拿捏什么时候会被问到是否割过扁桃体或者阑尾，是不是得过猩红热（这个可能会影响到他是否能租到房子）。女中介曾经微笑着告诉他：“嗯，这里住的都是老年人，所以您不必担心噪声的问题。还有啊，您同层的住户常年在国外工作，但是他们的房子并没有出租。”

亚历山大受姨妈的影响，很有涵养。搬完家后，他简单收拾了一下，就立刻去拜访他的邻居。住在他楼上的是一位上了年纪的夫人，好像叫吉莱娜·朗百特。她的信箱上写着“朗百特夫人（寡妇）”。再三确定他的身份之后，朗百特夫人才把门打开一条小缝。柯罗诺斯又友好地重复了一遍刚才的自我介绍。但迎接他的并不是热情的“你好，欢迎你”，老妇人抿着干瘪的嘴唇，有些不耐烦地小声说道：

“好，就这样吧，自我介绍也结束了。千万不要随便把门禁密码告诉别人，不然也就没必要找人安装这个死贵的数码门禁了！还有，我希望你不会在不合规定的时间段喧哗。我们这里非常安静。再见。”

他接着去敲了楼下邻居的门。信箱上写着住户是 P. 古纳尔先生。没人开门。他不死心地继续敲，然后猫眼后面传来细微的（脚步）挪动声，说明屋里有人，但是门还是没有开。这时同楼层另一户的门开了，一位老妇人笑着接待了他。她向他伸出手，并自我介绍：“埃莉斯·布赫嘉德，在这里已经住了 50 年。”接着她邀请亚历山大喝一杯，问他喝茶还是咖啡。她有点不好意思地解释说：“真是抱歉，因为我不喝汽水。这样跟大家认识一下真是不错。”

很显然，埃莉斯认为亚历山大这个年纪的年轻人只知道吃薯条汉堡，喝可口可乐。为了表示友好，亚历山大接受了邀请。她带他参观了一下她的三居室，装饰有些陈旧但还算别致：沙发上摆着带花边的靠枕，巨大的老式电视机，墙上挂着彩色的水彩画，铺着褪色的粉色杜鹃花的钩织桌布的桌子。她试着为对门那个没理睬亚历山大的邻居的无礼辩解，她说："他比较孤僻，但绝对不是坏人。我觉得他就是一个老男孩。"

埃莉斯·布赫嘉德风韵犹存，她招呼亚历山大吃一块松甜面包。埃莉斯的皮肤是漂亮的浅瓷色，略有皱纹；一双患了白内障的迷人的蓝眼睛；唇上涂着淡淡的粉色口红，这是一个不再引人注目的八十岁老妇的最后的妩媚；她穿着得体的蓝裙，将白发在颈后扎起。跟所有人一样，这也是亚历山大梦中的祖母的样子。亚历山大的外祖母在他两岁时就去世了，所以他并不记得她的样子。而他的祖母却总是在子女和孙子孙女面前表现得很冷漠。竟然有那么一瞬间，他非常希望布赫嘉德夫人能跟自己的祖母调换一下。他跟埃莉斯说，自己是单身，有不错的工作，他还再三表示很高兴在这栋楼里找到房子，而且离公司只有几站地的路程。分别的时候，他们都表示很高兴认识对方。

亚历山大总会在那些老妇人面前表现出来一种被称为"美国式"的弱点的东西[1]。显然这是因为埃莉斯让他想到了他的姨妈卡特琳娜，一个五十多岁的敏健的女人。如果卡特琳娜知道

1 一种特别的柔情。

她的外甥把她和一个八十多岁的妇人作比较，估计会晕过去吧！

几周过去了。亚历山大经常在上下班时遇到埃莉斯，却很少见到其他邻居。他怀疑埃莉斯是不是在暗中监视他的一举一动，一种善意的“监视”。通常他们只是简单地寒暄，比如“早上好”“晚上好”“下雨了”“今天天气真不错”或是“你看上去很累，亚历山大先生”。几个简单的字，就像静寂的沙漠和我们牢牢抓住的人类文明的残余的区别。我们因人与人之间的日渐疏远而失望。一天之中与另一个人简单交谈的瞬间能让人愉悦。下面的事能够证明。

亚历山大讨厌杂乱无章，所以他会耐着性子，强迫自己在那个温馨的小家里做做家务。可是，下厨在他眼中却是个难解的谜团。他在这方面的能力仅限于做做米饭，还不能保证做出来的东西不会粘在锅底。他只知道一个真正的菜谱——番茄蘑菇小牛肉。这还是卡特琳娜坚持要教他的，是为了他待客用。卡特琳娜认为会做点饭的男人更能够赢得女人的芳心，确实如此，加上番茄蘑菇小牛肉也很容易做。然而，只为自己精心烹制几道菜对他来说并不适合，可以说是浪费时间。但是，快餐和传统的黄油加火腿又很快让他感到厌烦。就这样，他习惯在下班路上去熟食店，去街区的各种外卖店买点美味、快捷又不太贵的东西吃，最主要的是不用费劲，包括意大利餐、犹太餐、黎巴嫩餐、中餐，还有日餐。然后他就可以一边享用他的“异域美食”，一边赶一份未完成的文件，抑或跷着二郎腿在电视机前追剧。这种偶尔的改变让他很受用，跟他在日常的小馆子吃的煎牛肉配薯条或者土豆泥完全不同。一家名叫“马塞尔之家”的小馆子是个让人放松的地方，菜的品质也大受好评，只是菜单少了点新意。

每次埃莉斯正要出门碰巧遇到亚历山大正大步大步上楼梯时，她会朝他笑笑，然后会用略带伤感的眼神看一眼他装着食物的小袋子。她可能认为像他这样的年轻人离开比萨、鲜虾炒面、生鱼片就不能活，而她则对这类食物嗤之以鼻？或者是为找个伴儿聊聊天找个借口？肯定是二者兼有。于是埃莉斯养成了一个习惯：每周上楼几次，给亚历山大送一份土豆泥焗牛肉、鸡腿配鲜面条、自制的蔬菜浓汤，或者一份焦糖奶油，要么就是一大块四合糕[1]。至于她自己，则像很多老年人那样，非常喜欢土豆泥火腿。她给他做饭，是为了让他高兴，让人觉得她确实给别人的生活带来了变化。她基本上总是很有道理的。同时，埃莉斯是个受过良好教育的女人，不会强行闯入他人的生活。于是亚历山大决定时不时地邀请她喝一杯波尔图甜葡萄酒[2]。他并不喜欢这种酒，觉得太甜，但是他了解到这是老妇人最爱的开胃酒，每次她都会流露出幸福的目光。她会在客厅坐几分钟，或

1　等量的面粉、糖、黄油和鸡蛋做成，所以称为“四合”。

2　产自葡萄牙。

者在餐厅坐一会儿，也许是在书房，又或者在客房，小口小口地品尝她最爱的酒，嚼两三片薯片。她会跟他闲聊，比如这一天的工作如何，中午吃了什么，假期的时候是不是会去看望他姨妈，去过哪个国家，最近看了什么电影，最近读过什么让他着迷的书，等等。亚历山大问她问题时会很小心，不想表现得太冒失。埃莉斯从来没提起过她的孩子。他不知道她是否有过子女，是不是还经常跟他们见面，又或者因为某些原因他们不再在她的生活中出现。一旦波尔图甜酒喝完，她便起身，离开时会说：

“谢谢你，亲爱的亚历山大，和我一起度过这美好的时光。你应该还有其他事情要做，那会比跟我这个老太婆聊天要有意思得多。别睡得太晚了，睡个好觉很重要，你知道吧？”

两人都很喜欢这种友好的“惯例”。然而，亚历山大不知道这位优雅的女邻居患有严重的糖尿病，她靠每天注射胰岛素来维持生命。

有那么一个星期，他连续三天没见到埃莉斯。他想着下班回来去敲她的门，看望她一下。可他又怕埃莉斯会认为他这样很无礼，就好像他在表达“怎么回事儿？我一直等着我的晚饭呢”。直到他在昂吉路看到埃莉斯被抬上了救护车。尽管他想跟救护车司机了解一下情况，但是司机什么也没告诉他。因为担心，他下定决心一定要敲开她同楼层邻居古纳尔先生的门。在他搬过来的一年里，他只瞥见过他那虚弱的身影不超过五次。

这位暴躁的先生终于极不情愿地把门拉开一道小缝，门后还挂着的保险链让人不难想象他那张写满了坏脾气的脸。凭着埃莉斯曾经私底下说过的一些有关古纳尔的“小秘密（但她从来没说过他的坏话）”，亚历山大在心里勾勒出一个不太讨人喜欢的老男人的形象。他应该是一个即便看到对面的楼房着火了也不会帮忙求救或者施救的人，除非是他自己也受到威胁。P. 古纳尔极不情愿地接受了他的询问。布赫嘉德夫人因为剪脚指甲而感染，很严重。救护车把她送到了圣·路易医院的急诊。周末的时候，亚历山大以为她回家了，便去敲门，却没人应答。对面的房门开了，她那小气的邻居说：“我去我的医生那儿更换药方，我们看同一个医生。她应该是因为她的糖尿病而得了坏疽。”

说完就关上了门，干脆利落。坏疽？不可能，这不是她这个年纪该得的病啊！亚历山大并不知道这是一种糖尿病人非常容易感染的病。他想起太阳王就是死于这个病。他很担心，于是决定第二天（是个周六）去圣·路易医院探望埃莉斯。

亚历山大其实一直很讨厌医院这个把重病、甚至垂死的病人聚集到一起的地方，就像他也不喜欢墓地一样。那时候，死亡让他感到非常恐惧。而让他感到更恐惧的是这之前要经历的痛苦、衰弱，还有垂死的状态。这种地方还总是充斥着一种令人作呕的气味——病人躯体腐坏的怪味、食物以及消毒水的味道混合在一起。尽管如此，但他很喜欢埃莉斯·布赫嘉德，他决定暂时不管这些了。出了地铁，他找到一个看起来鲜有人问津的花店，买了一束点缀了两枝满天星的郁金香后，向医院走去。然而医院病房里不能有鲜花，他只能把包着绿绸的花束扔到了垃圾桶里。他一进到118号病房，老妇人黯淡的肤色和飘忽的目光让他大吃一惊。她的左脚大脚趾应该被切除了。从她扭曲的表情和语无伦次的话语中，他知道她那时一定非常痛苦。大约等了一个小时她才吃了止痛药。他离开的时候，埃莉斯呼吸平和了一些。她握住他的手，将它放到自己的脸颊上，表示对他的感谢。谢他什么呢？谢他费了半天劲才说服护士给她一片止痛药？

他脑袋里冒出要见见埃莉斯的主治医生的想法。他要确保她受到很好的照顾，而自己帮不了她太多。

接下来那个周末，亚历山大接受了一个并不让人讨厌的同事托马斯的邀请。托马斯是一个因为工作关系而必须打交道的同事，在他隔壁办公室，人不错，跟他至少有三两个共同点，能聊得来。比如：对罗兰·加洛斯决赛非常感兴趣[1]；对幸运星卢克[2]和那只宇宙无敌蠢的安达普拉[3]有着特殊的情怀；是

1 法国人总喜欢把四大满贯赛事之一的法国网球公开赛称为“罗兰·加洛斯”。

2 法国著名漫画家勒内·戈西尼创作的漫画人物。

3 《幸运星卢克》漫画里出现的一只狗的名字。

传说中的捷豹E型的狂热爱好者，尤其是在1971—1975年被商业化的E型系列三。这些虽不能让他们成为好哥们儿，但足以让他们能在一起度过一段轻松愉快的时光。

托马斯跟亚历山大说，他们要跟一群朋友聚在勃艮第地区乡下的某个住所，来一场美食之旅。除了托马斯，亚历山大谁也不认识。托马斯说这是一群绝妙的、有意思的人。亚历山大是到了害怕这种“有组织的胡来”不再有趣的花甲之年了吗？两天下来，这群所谓的“极有趣的人”让亚历山大觉得非常无聊。最终行程以在极其偏僻的乡间的漫步告终。当时飘着小雨，他们觉得很赞。这是他想到的唯一一个不让他们不痛快地逃离的办法。这些男人谈论汽车、信息技术、商业投资、足球等，总之是一些他并不讨厌的话题，但可不是48小时没完没了地说。而他们的另一半谈论的则是饮食、乳房填充、升职这些话题，当然可不能忘了列举一下男人们数不尽的缺点。回程的时候，他后悔极了：与其跟这些与他毫不相关的人待这么长时间，还不如花一两个小时去看望埃莉斯，给她带一块千层蛋糕，讲讲他的小毛病。

接下来的那个星期二，他得知了她的死讯。她在118号病房走了，在一些并不讨厌、只是毫不相干的人之中离开了这个世界。一种深深的悲伤将他包围。他借口急需阿司匹林而出去了几分钟，去深呼吸，去排解一下激动的情绪。他不想让托马斯或者其他人问他怎么了。而后，一种羞愧的感觉悄悄钻进他体内。该死！他本应该、本可以做点什么的。他本应该以埃莉斯侄子的名义要求见见主治医生的，“白大褂”也没什么可怕的！他并不是因为害羞，他只是没抽出五分钟的时间去跟医生谈谈，仅此而已。他一辈子四千二百万分钟之中的五分钟！

亚历山大当然尝试着去找借口：毕竟，他跟她并不是真的很熟；毕竟，他不是她的家人；毕竟，他没义务去为她堵住医生要个说法；等等。他极力为自己辩护，努力说服自己，说那几分钟其实什么也改变不了。

他只是有一点自责，至少他认为事情过去了。可是他错了，他体内有一个微小的声音在反驳他。实际上，这个微小的声音在提醒他那几分钟对埃莉斯来讲会有很大的不同——她可以握着她爱的人同时也爱着她的人的手离去。

安东尼说：亚历山大并不知道他刚刚遇见了他的第一个“一分钟”。

我们很多人也是如此。之后若再想回忆那个生命中难得的瞬间，那个当时我们并没有意识到或者没能领悟到它足够重要而为它驻足的第一个决定性的瞬间，就不容易了。抓住这一分钟，确定哪个一分钟可以称得上“分钟之母”真的重要吗？我也不知道。更确切地说，对于这个话题，我的看法也是飘忽不定的。有时候，我觉得这第一分钟是个能够改变我们人生的重要的分岔路口；又有时候，我很笃定，所谓分岔路口，无论它出现在我们生命中的什么时候，都不过是一张可能性的大网里微不足道的一部分。我们都置身于这张网中。

细细琢磨，我觉得第二种假设更切中主题。因为，如果错过这一分钟是不可避免的，那就意味着我们无法回到过去；也就是说，即便我们意识到我们迷路了，我们也不能再次出发去寻找另一条路。

不过，这是错误的，极其错误的。与我们平时所想的恰恰相反，生活往往是很宽容慷慨的，尤其是在十分艰难的情况下。又或者说命运是宽容慷慨的（我们稍后回到这个概念，这可并不容易阐释）。不幸的是，我们不能每次都“认出”这一分钟。于是我们与这个本可以让我们更快达到最终目标的重要分岔路口失之交臂。不管怎样，生活（抑或命运？）会赠予我们其他的小分支，它们聚在一起，帮助我们定位曾经错过的“阳光大道”。这需要更多的时间，需要更多的精力。尽管如此，我们最终也会到达真正的目的地。

艾格娜

第二分钟

2007年末，巴黎

埃莉斯·布赫嘉德的房子很快找到了买主。亚历山大时常想起这位老妇人。让他惊讶的是，他十分想念他们每周两次的“冷餐会”[1]。他曾经以为邀请她只是为了让她高兴，为了感谢她送来的美味，但实际上他们之间看似微乎其微的交流已然让他觉得不再那么孤独。他生于图尔[2]，北上首都只是为了得到一份不错的会计工作——关于遗产管理方面的。“西部信托”给他提供了这个机会。他没觉得这个职业有多枯燥，也没觉得它很有趣。但是那些数字、算术以及金融整合总是让亚历山大感到舒适。

高考前夕，他第一次问了自己这个让人窒息的问题：“我要读什么专业？”他大脑一度一片空白。他没什么想法，也没有什么专业吸引他。医生？念书念太久，选择性太强，而且一想到要一天到晚对着病人，他就很不爽。但其实他真正厌恶的是医生这个职业本身。牙医？每次去看牙医，他总会有那么一会儿感到害怕，而且看牙费用很高。园林建筑师？这个想法来

1　法国人很喜欢的一种聚会方式，一般以“冷食”为主，配些酒水饮料，朋友亲人之间边吃边聊，氛围轻松愉快。

2　法国中西部城市。

自一个热衷于此的儿时的玩伴。也不行！无论冬夏地泡在烂泥里去研究那些植物如何生存，又为什么枯萎，这也不是他的菜。建筑师吧！他曾经对这个职业很感兴趣。除了让·努维尔[1]、诺曼·福斯特[2]、扎哈·哈迪德[3]、弗兰克·劳埃德·赖特[4]这些无所畏惧的建筑界天才，大部分建筑师都因为没什么大成就而收入堪忧。对亚历山大来说，成为这群超智商的狂人中的一员的可能性为零。工程师，为什么不呢？但是哪个领域的工程师呢？他对机械不感兴趣，对农学也没什么热情，大坝啊、桥啊也不能让他兴奋。于是他选择了管理和会计专业，但没想过成立自己的工作室，也不想成为大会计师——那太复杂。总的来说，亚历山大对他的工作现状很满足。他想这样等到投资的时机来临（尤其是经济方面），他也会在第一线。但是，他也没设想到未来的十年十五年将会如何。一张不透光的纱幔在他脑海里落下，他无法想象自己四五十岁时会是什么样子。他唯一有所思虑的就是他是不是已经娶妻生子。他很喜欢孩子，至

1　法国当代著名建筑师之一，他综合采用钢、铜、玻璃，熟练地运用光作为造型要素，使作品充满了魅力。

2　英国皇家建筑师学会会员，国际上最杰出的建筑大师之一。

3　伊拉克裔英国建筑师，生于伊拉克巴格达，后来定居英国，于 2004 年成为获得普利兹克建筑奖的首位女性建筑师，在国际建筑界享负盛名。

4　美国建筑师、室内设计师、作家、教育家。有机建筑最佳的实例便是赖特所设计的落水山庄（1935 年），曾被称许为“美国史上最伟大的建筑物”。

少喜欢他所认识的为数不多的几个。这在他头脑中虽未称得上“计划”，但也有很大的可能性。但其实在他心里，“结不结婚，要不要孩子”是无关紧要的。这也许是因为他那时还很年轻。当然，他也有过几段感情纠葛，有那么一段甚至保持了一年。但是哪段也没改变他的人生或者说他展望未来的方式——不是姑娘甩了他就是他甩了姑娘。

来巴黎工作是把之前的一切都做了个了结。这也算是他人生中的一次动荡，或者更确切地说，是一次悄无声息的改变。这是他后来慢慢发现的。他最初被大都市的快节奏和人山人海搞得有点晕头转向。在外省人的眼里，比如他生活过的城市的人的眼里，大都市的日子并不是那么好过的。他儿时的伙伴有的一直留在图尔，有的去了法国的其他城市或者国外。弗雷德里克，一个他从幼儿园就认识的朋友，三年前去了澳大利亚。

到巴黎的第一年，每次假期，亚历山大想都不想就会回图尔。为什么他觉得有必要重回故乡？有的人被另一种想法困扰：他们自问也许自己曾经居住的“光明之城”只是一个宾馆。简而言之，就像一串在一个家和另一个家之间的省略号。亚历山大不这么想。他的姨妈卡特琳娜每次都非常开心地接待他，他重新见到他的男女朋友们也心情愉快。直到有一天他意识到其实他已经离开了，他的朋友们也同样意识到了这一点。他已经不再属于那个小团体。他偶尔会收到他们发的邮件，但这也没能改变什么。那一大串省略号也是源于此。每次他都要讲一遍他的所见所闻，认识了什么人，读了什么书，以及一些日常的小事；同样，别人也跟他分享诸如此类的东西——只是日常的见闻而已。于是他回图尔的次数开始减少。但也并不是不回，因为在巴黎除了工作,他也没别的牵挂。有时候他想,为了社交，他应该跟托马斯走得更近一点，试着融入他的朋友圈子。但是勃艮第的那个周末真是让他无聊透了。

所以他很怀念跟埃莉斯之间的简单交流。

这个周六，他本想清洗一下满是水垢的浴室瓷砖，但楼梯间传来的阵阵嘈杂声让他忍不住开了门。搬家公司的人正互相抱怨这栋老住宅楼没有电梯。布赫嘉德夫人的房子的新主人要入住了吗?

亚历山大的心情马上黯淡下来。他不喜欢这些人，即便他从来没见过他们。这个有些愚蠢的反应让他自己吃了一惊。本来嘛，埃莉斯的死又不是他们的责任。可是他还是忍不住认为他们是“侵略者”。他们入侵了那位老夫人的雅居、他们一起度过的时光、他保存的回忆，也入侵了他经常试图推向他脑海深处的愧疚感。这种愧疚就是来自他曾经自认为没必要为埃莉斯付出的几分钟。

他把门撞上，带着一股无名火开始清洗瓷砖。

另外,新邻居表现出的失礼更是加剧了他对他们的坏印象。

他们没有在门厅的公告板或者信箱上留下只言片语，比如“大家好，我们是你们的新邻居 ×× 先生和 ×× 夫人，还有我们三岁的小公主 ×××。我们很高兴搬到这里”。即便大家会因为噪声啊、垃圾箱啊、门厅处的自行车或者婴儿车啊、墙上的划痕啊，又或者凌晨两点孩子的尖叫声而争吵，可也要保持基本的礼貌，不是吗？当然了，他也没有去敲他们的门，自我介绍一下。因为他对他们取代了埃莉斯的位置耿耿于怀，绝不是因为他害羞或者什么其他原因。

接下来的那个星期五，他一直没有见到他的新邻居，他也不在乎。他早晨八点出门，外边像极地一样寒冷。圣诞节临近，他开始迫不及待地想跟姨妈和表弟劳伦重逢。卡特琳娜会准备传统的晚宴：农场的鹅配上用平底锅烧的蚕豆和林间的蘑菇，前菜是生蚝、烟熏三文鱼和肥鹅肝，这些之后就是精美的巧克力蛋糕。至于做蛋糕的“秘方”，她可是像一只警惕的鹰一样精心呵护。

他得尽快备好大股东和那位孀妇（第二大股东）的关于出让公司股份的文件，以便尽早结案。于是他只预留出这个周末去采购圣诞礼物。对于亚历山大这个讨厌去大商场的人来说，这可是个苦差事，尤其是当导购小姐向他提一些让他不知所措的问题时：

“好的，那您的姨妈喷的是迪奥的香水（也可能是香奈儿，或者是卢丹诗)，但是是哪一款呢？”

“嗯……”

“比较清淡还是更为浓郁？或者偏重木香／椒香／柠檬香／花香／麝香／果香？”

“嗯……我记得名字里应该有个数字……好像跟沙有关……其实我也不太肯定。嗯……对了，香水瓶的盖子是黑色的……”

然后导购露出一个职业性的微笑，这应该只是她接连碰到的几十个笨蛋的其中之一。

这位年轻的孀妇可不是个好打发的主儿。她曾经带着她迷人又有些迷茫的表情这样哄骗他："这些东西我一点也不懂，这已经超出我的能力范围了。我完全信任你。"但事实却很“现实”和“经典”——她早就做好准备，撤走她所有的保证金，并且拿回尽可能多的钱。可是作为公司创始人和合伙人的大股东，同时还是她已故的丈夫的好友，还是给她出了一份非常合理的提案。当她打电话给亚历山大，向他抱怨、再抱怨这个世界的不公和她自己遭受的不公平待遇时，他窘迫得直出汗。毕竟她连小手指都没动，就把相当于四百万欧元的一半的市值收入囊中，还加上终身分红。用同样的数额我们能生活得非常安逸，不是吗？面对她没完没了的抱怨，亚历山大都不确定是要跟她说“亲爱的女士，我能为你做点什么？不，你没有打扰到我，我一直在你身边”，还是说他心里极度想表达的“你烦死我了，放过我吧”。于是他决定干脆把电话听筒取下来。即便这样，语音信箱也不是给狗准备的。

事实上，她给他留了六条语音留言，怨气还越来越强。最后一条留言她骂了他一顿，只是为了平复一下她愤怒的情绪：

“行了，妈的，什么啊！我为什么给你钱啊，柯罗诺斯！你就得为我服务！可我对你这种自以为是个领导的小伙计真是受够了！我要找你老板谈谈，让你想起我！”

总之，这是一个灵魂里透着俗气的女人。她这辈子除了嫁个有钱人也没干别的，她自认为是地球上的一粒盐。这并不是亚历山大对她有性别歧视，因为亚历山大也从来没有对她的丈夫——一个有着敏锐洞察力的粗俗的法国男人——表示过尊重，对他来说，钱根本不算什么。

很显然，亚历山大一整天都在避免跟这个俗不可耐的哈尔比亚[1]交流。但是晚上八点左右，他还是听完了留言，心情非常糟糕地离开了办公室。文件暂时搁置，同意议定书已经拟好——如果这条雌食人鱼不再露出新的獠牙。尽管她一直抱怨，她还是完成了一笔绝妙的买卖。亚历山大也没指望她对他永久认可，况且实际上，她是他的客户，付钱给他。但退一步讲，

1　希腊神话中司掌暴风的有翅女怪。

说句“谢谢”也会让他感觉好点。他不过是做梦罢了。

他钻进地铁，夏特雷 - 大堂站。晚上八点，是一个时间以它自己的方式奖励勤劳的人们的时刻。周五晚上这个不早不晚的时间段，既不是上下班高峰，也不是外出高峰，地铁乘客相对很少。很多人这天都提前下班或者享受工作时间的减少（RTT）[1]。那天车厢空着一半，他找了个座位坐下。

他对面只坐了一个上了年纪的黑人妇女，他没怎么注意，只看到她穿着深红色的羽绒服，围着一条褪了色的羊毛围巾，戴着一顶泛黄的拉到眉毛处的无边软帽。她出神地盯着车窗、站台和昏暗的隧道。她不停地吸鼻子，无疑是感冒了。雷奥米尔 - 塞瓦斯托波尔站到了，没人上车。又是一个隧道，那女人的目光紧盯着车窗。她还是不停地吸着鼻子。亚历山大终于转过头看向这个女人。她在哭，为了不让周围的人注意到她的悲伤，她紧闭着嘴。他有些犹豫，但是要说什么呢？她自己都不能止住抽泣，他就傻傻地问一句：“夫人，还好吗？”万一她把他推向一种尴尬的境地，想把他卷入那些她所看到的，他该怎么办？她用卷起的袖口擦了擦眼泪。亚历山大注意到一个细节——这个黑人妇女的手很漂亮，有着方指甲，手指修长有力，却很纤细。除此之外，她的手总是干粗活儿。或许是亚历山大

1 法语全称“Réduction du temps de travail”，是为了弥补超出法定工作时间 35 小时而出台的一种假期。

的眼神让她有些难堪，她起身在斯特拉斯堡 - 圣 - 丹尼斯站下了车。他又犹豫了，他本该跟上去，试着跟她谈谈。她也许是病了，又或者有亲人去世了？总之，亚历山大的终点站水塔站，就是下一站。他什么也没做。他能跟她说什么呢？她不过是他在地铁里遇到的千百万人中的一个，或悲或喜，或疲惫或精力充沛。

他出了地铁，倚着自动扶梯出站台，又想起了那个在语音留言里谩骂、威胁他的疯婆子。一片落叶从他肩旁飘落下来，在一级类似史前猛兽的下颌骨的金属台阶上结束了它的这段旅程。他瞟了一眼那片落叶。一个模糊的转瞬即逝的疑问在他头脑中闪过：这既不是法国梧桐叶也不是椴木叶，这是一个红色的、轮廓清晰的植物残迹，干枯且平整。真是白痴，他不该在这个问题上浪费时间。这又不是摆在窗台上的装饰品，尤其是在大冬天。另外，这里都快没有树了，因为秋天的时候，雇人清扫落叶费用很高；想要看到绿植，需要好好找找。突然，背后传来一个女人的叹息，微张着嘴的叹息，像是从喉咙里发出的声音，微弱又低沉，带着一丝悲伤。

亚历山大转过身去，口中冒出白雾。只有一个四十来岁的男人，面色阴郁、耸肩缩领地站在离他大概十级台阶远的地方，腋下仅仅夹着一个手提电脑包。他没看到其他人。

亚历山大跨过最后两个台阶，碾碎了那片叶子。

四千二百万分钟里的一分钟，他看到了一个女人的深深的绝望。

*　　*　　*

亚历山大·柯罗诺斯对艾格娜颓丧的原因不得而知。他当晚就把她忘了。她 63 岁，28 岁死了丈夫，马里移民。艾格娜在法国生活了快三十年。她最初是一名偷渡客，后来一个社团帮她拿到了工作许可证，再后来拿到了居留卡。她为自己感到高兴。她在实践中很快地学会了法语，读没问题，也能写一点。她数着每一分钱过日子，因为要求不高，也算舒适。她会给留在本国的孩子寄钱。其中一个孩子很有出息，这让她心里感到很温暖。她也结交了一些朋友，大部分是和她一样来自不同国家的“表面技师”。她们都在“职业打扫”这行工作，简单点说，就是在大公司里做保洁员。工作氛围不错，尽管每份差事都是计时的，她也时常会笑。总的来说，大家对她客气有礼。她同楼层的邻居，布里吉特，是个享受政府廉租房的女人，有时会给艾格娜送点她做的菜。正是这样，艾格娜人生中第一次品尝了红酒烧牛肉。她美餐了一顿，她尤其喜欢邻居做的覆有烤蛋白的巧克力慕斯蛋糕。作为回礼，艾格娜在某个休息日做了一道花生菠菜炖牛肉。这在马里可是很奢侈的，因为那里有些蔬菜很贵。布里吉特并没有对她极尽赞赏，只是问她要了这道菜的菜谱。是的，她的小日子还是很温馨的，唯一的缺憾就是她的家人不在她身边。

艾格娜想到未来，也许有一天，她老到干不动了，如果上帝足够宽容,她会回到祖先的土地上静静地等着离开这个世界。跟所有女人一样，艾格娜也有梦想，非常符合她的处境。很多女人能够实现她们的梦想，只是艾格娜不是其中一员。她很清楚这一点，也并没有抱怨。她努力工作，摆脱困境，挣得少也总比没有强。

但是这天早晨，5 点钟，她刚到堡格林内尔的办公室（她要最先开始打扫的地方)，就有一个噩耗降临在她头上。这家她工作了七年的公司要裁员了。艾格娜不需要别人给她画个图就已经明白自己在被裁之列。她已经老了、没用了，她膝盖疼，腰也疼。简言之，她知道她再也不是小羚羊了。这些都让她崩溃。她这个年纪不可能再找到其他工作，她就不能再给孩子们寄钱了。然后，她的居留卡也可能不能再延期了。至于退休，也不用想了，她的工龄少得可怜，因为工龄只从她摆脱偷渡者这个身份后开始算起。

艾格娜强忍了一整天的泪水，打扫完这里去那里，对同事们微笑。等到进地铁，她再也忍不住了。惶恐占了上风，把她带入了一个充满各种令人恐慌的假设的旋涡。

安东尼说:这个故事里艾格娜的悲剧、所受的打击、混沌，不过是这个永恒运动的世界中的一粒沙。但对于艾格娜来说却是一场毁灭性的动荡。

她会怎么样？我不知道。反之，我知道这个世界上有太多的“艾格娜”，他们来自世界各地。他们也许会期许一只伸过来的手，一个微笑，或者一句简单但温暖的“有什么能帮您的吗”——即便我们并不能做什么。充满人情味、充满单纯的善意的话语，就像能抚慰我们的伤口、驱走我们的恐惧的珍贵的镇痛剂。

一分钟，只是四千二百万分钟里的一分钟。

艾玛

第三分钟

2008 年，诺曼底海滨

Facebook（脸书）法语版刚一出现，亚历山大·柯罗诺斯就注册了账户。等到这个社交工具开始融入法国人的生活，它激起了很多人的兴趣。他们常常只是发表一句很无聊的话，比如“史密斯买了辆车”“女邻居有一只白猫”。亚历山大就是这样。

提到邻居，他只瞥见过一次 ×× 夫人的背影，还是在晚上。如果他以她帽子露出的一缕半长的头发判断，她的头发是棕色的，深棕色。她看起来个子很高。她甚至都没转过头来冲他点下头，打个招呼。相反地，亚历山大觉得她故意加快脚步，就是为了在他走到她楼层之前关上门。这个细节更加深了他对这位邻居的坏印象。×× 先生和夫人的真实姓名应该是 D. 阿赛尔先生和 O. 阿赛尔夫人，或者 O. 阿赛尔先生和 D. 阿赛尔夫人，这取决于取名字第一个字母时是出于对女士的尊敬把夫人的名字放在前边，还是出于习惯把先生的名字放在前边。因为这次的“几乎相遇”，他开始小声嘟哝他按他们名字的第一个字母在小拉鲁斯字典里找到的一些滑稽可笑的名字：男的就叫德米达利夫（Demi-tarif，意为半价），女的叫奥迪特（Otite，意为耳炎）；或者女的叫多赫萨伊（Dorsalgie，意为背部疼痛），男的叫奥斯莱（Osselet，意为小骨）。他竟然玩了一刻钟这个荒谬的游戏，直到他觉得这实在是很无聊才停下来。说是无聊，只是因为他不想承认这是个拙劣的游戏。

回到脸书账户这个话题。亚历山大一开始是犹豫的，很显然，他听过不少因为个人信息的泄露而引发的事故。但这方面他并不担心，他会采取适当的防护措施。他之所以犹豫，多半还是心理原因。通过网络与人联系，建立起所谓的“朋友圈子”，大家都知道这意味着什么：这岂不是承认了他的人际关系网缩水了吗？

不管怎样，亚历山大还是创建了他的脸书账户。自从他重新联系上了纪尧姆，他还是感到庆幸的。纪尧姆今年33岁，他和妻子艾玛以及两个孩子生活在诺曼底。亚历山大以前时常去找纪尧姆，那时纪尧姆就住在卡特琳娜姨妈家旁边。纪尧姆的学习成绩非常一般，他父母给他注册了一所私立学校。在亚历山大的记忆里，纪尧姆是个金发小胖子，很爱笑，家教甚好，同时也是个胆小鬼。无疑，因为纪尧姆长他5岁，他们从来也没成为真正的朋友。也是因此，当纪尧姆邀请他去家里过周末的时候，他有点吃惊。然后，艾玛的厨艺惊艳到了他。

在火车上，亚历山大想着他们不过才“重逢”、恢复联系，纪尧姆就立刻邀请他去过周末了。他了解到，纪尧姆拿到了高等经济商业学院的毕业证书，经营着一家罐头食品公司。他有两个孩子，女孩5岁，男孩4岁，妻子艾玛是脊柱按摩医生。但为什么一个图尔人跑到诺曼底去了？也许是家庭原因，为了他的妻子？又或者只是机缘巧合，他收购了他现在的公司？不管怎样，这个曾经公认的又懒又笨的学生从他的学校光荣地毕业了。

在埃夫勒站，他看到站台上有人举着一块写着他名字的牌子。他走近发现举着牌子的是个身材娇小的女人，简直就是一个塔纳格拉小塑像[1]！这个词立刻从他头脑里蹦出来。如果不是跟亚历山大一起的话，你不会理解他这个形容有多么贴切。他这才明白卡特琳娜跟他描述的娇小漂亮的女人是什么样子。这就是艾玛，栗色头发，炯炯有神的浅褐色眼睛。她对亚历山大像对亲兄弟一样热情，踮起脚跟他拥抱。他很感动，也非常吃惊——这个娇小的女人竟然是脊柱按摩医生。对他来讲，这是一个很耗体力的职业。失去联系很久的儿时玩伴也以发自内心的热情接待了他。亚历山大想，如果是在街上或者餐馆碰到他，自己肯定认不出他来。纪尧姆身高和他差不多，也不再是当年的小胖子。亚历山大能感受到他们很高兴他能来。他们吃着樱桃蛋糕，享受着春日的明媚阳光。

1　祭祀陶俑。有些塑造于公元前六百多年。雕像做工精美，大多是动物和神灵。公元前4世纪，雕像开始以贵妇、舞女和儿童为模特。

这对夫妇有一栋漂亮的房子，墙体的石头清晰可见[1]，又以他们自己的品位进行了翻修装饰，近乎完美。亚历山大非常喜欢他们的花园。它足够大，开满了粉色和蓝色的花，铺着小石子或是老式青砖的小径纵横交错。树枝上挂着好多供鸟儿栖息的人造鸟巢——跟卡特琳娜家一样。客房紧挨着盥洗室，他也很中意。艾玛跟他说，她很喜欢改造那些从旧货摊或者村里的旧货市场淘回来的不太好看的旧家具。她在杂志上看到一个调制蓝灰色古色涂料的方法，然后自己做了色彩是渐变蓝色调的双层亚麻窗帘和莫列顿绒的床罩。黑色大理石的小烟囱用木料和松果加以装饰，无疑是 19 世纪的风格。因为天气温和，他拒绝了生火，但有点后悔。

“你会缝纫吗？”亚历山大问道，好像她变成了长着暗绿色鳃的火星人。

她开心地笑起来，说：

“缝纫能让我静下来，就像下厨一样。并且，这也能省钱，我也清楚地知道我们吃的到底是什么。这个地区有很多不错的手艺人，他们会做一些既漂亮又好的东西。改造旧家具也是如此，这需要付出很多努力，有时候也会烦躁，还要很多时间，但是你能重新做出一件对别人也许很重要的东西。让

1　是一种诺曼底、布列塔尼地区特有的建筑风格，墙体由青石铸成，清晰可见。

一件老旧的东西获得新生，我也说不好……这真的能给人很大的满足感。”

她又玩笑般地补充：“还有啊，纪尧姆觉得我很有才华。虽然不太容易，但我喜欢挑战。”

艾玛很细心，她早就在书桌上放了一大束采摘自花园的玫瑰，还放了一瓶水和一个水杯。

他不知道该如何跟小孩子相处，可跟他之前担心的相反，夏洛特和维克多表现得很友爱。他们很快乐，有教养，对他这位客人充满了好奇。他给小女孩透露他爸爸曾是一个矮胖子，特别爱吃巧克力棒[1]，逗得小家伙不停地笑。夏洛特用略带嘲讽的眼神看了一眼爸爸，大声说：“那你们还不让我吃巧克力棒！”

“好样的，亚历山大，这回可不好办了。”他的朋友调侃道。

喝开胃酒时，他们互相说着知心话，畅谈人生，席间笑声不断。孩子们上楼回了各自的房间，他想这肯定是他们爸妈让的。他们不在，大人们才有更大的空间去交谈。确实，有孩子在的时候，他得小心，避免说一些少儿不宜的词句。

艾玛问他：“你还没有女朋友，或者男朋友？”

“我还是喜欢女朋友。没呢，我想还没遇到理想中的那

1　一种巧克力糖果。

个她。”

“千万不能急，一般来说命运里的巧合早就注定了。”

他由此知晓纪尧姆夫妇的相遇也是一种巧合，纪尧姆收购即将倒闭的罐头食品公司的最大的动力也是艾玛。20 世纪 90 年代，这个小工厂就已经失去了市场，勉强支撑着。原厂主 D. G. 已经年老体衰，他意识到最近这十几年他已经跟不上这世界的极速发展，于是他决定卖掉工厂。他不再年轻了，加上他的独生子在巴黎做心脏科医生，一点也不想接这“烫手的山芋”。纪尧姆当时在去美国发展还是收购这个法国的家族产业之间犹豫不定，但是他也提交了候选人资格。工厂离艾玛从祖母那儿继承的房子只有几百米远。这天早晨，纪尧姆去工厂的时候，艾玛正开着她的小车从家里出来。她当时心不在焉，一声不和谐的摩擦声把她拉回了现实——她的小车的右前脸剐到了铁门上。她心情非常不好，小声咒骂着停下来，俯身检查车的破损程度。

艾玛顿了一下，眼里满是笑意。她稍稍平复一下，再次开始讲，话语里透着对老公满满的爱。

“就在这时，这一分钟就来了！这一分钟可千万不能错过！突然，我身后传来一个男人的声音：‘怎么了？车轮出毛病了？’我那时很无礼，因为整个车门都变形了，并且还是我自己造成的。我站起身来，准备拿他撒气：‘我知道怎么换车轮，谢了！’

然后我就看到了纪尧姆，他脸上带着大大的微笑，正要卷起袖子给我这位小姐解围。他真是帅呆了，太帅了，这就是一见钟情。简而言之，我整个人都融化了。我所能想到的、所有能说的就只剩下‘嗯，早上好，我叫艾玛’。真的，傻死了！”

她大声笑起来，朝她的爱人伸出手去。

“我也是。我回答说：‘嗯，好听的名字。我叫纪尧姆。’你自己脑补去吧！我也说不清……我感到一种奇怪的、让我觉得很奇妙的东西——我正以闪电般的速度坠入爱河。那时我已经迟到了，但我却找不到那个该死的罐头厂。我把车停在了稍远的地方，正准备随便敲哪家的门去问路。真是太奇怪了，不是吗？要是把所有巧合列个单子，就会觉得好奇妙——此时，此地，我们俩人。我是不相信命运的，但是那次，我承认我简直要晕了。想想看，如果艾玛那时集中精神开车，她就不会剐坏她的车门，她也不会停下来，那她就会在我眼皮底下过去了。要是我方向感强点，没有迷路，在她出门时准时去赴约。我能给你列个三页的单子，一直追溯到我在高商的时候——我本来想去乡下当一名兽医的。很显然，在美丽的大草原上，我肯定不会遇到艾玛。”

“去乡下？”

“对啊，很吃惊吧？我曾经很想去冒险，而且我喜欢动物，尤其是大块头的，比如虎豹之类的猛兽，或者大象。但是我受不了高温，我在太阳底下会被烤煳了的；我还很招蚊子，我怕蛇。”

他们俩一起笑起来。艾玛去厨房了，亚历山大帮纪尧姆收拾桌子，孩子们也下来了。露天平台上吃晚餐很不错。艾玛精心准备了一桌大餐：圣·雅克扇贝加土豆碎，配上少许香醋，接下来是羊腿配有机番茄泥、奶酪拼盘、沙拉，然后是煎橘子加一个香草冰激凌球和杏仁焦糖片。这些都是她做的，加在一起简直可以给她嘉奖了。

“哇，太棒了！”亚历山大赞许地说，“纪尧姆跟我说过你是蓝带大厨，但我还是要说：‘哇哦，太棒了！’”

“你觉得我是如何撑起这个罐头厂的？”他的朋友插了一句，“我们现在出口英国、德国和瑞士。全靠我老婆的秘方！她真的太厉害了，并且，她在厨房里游刃有余。她不用参照书本，不用称，什么都不需要……这些让我头晕。你随便给她一些壁橱里的剩底子、两个鸡蛋，她就能给你准备一桌盛宴。你给她一把满是虫蛀的旧椅子，你再拿到的就是一个极美的脚凳。总而言之，我老婆就是个超级天才！并且，她风趣又漂亮。”

“那么，是艾玛……我不知道该怎么说，在工厂里下厨吗？”

“不，她已经有按摩医生的工作了，加上孩子，房子，还有我。幸好，她还能有时间躺下来休息休息，睡觉，抱抱我们。是吧，亲爱的？”他一边抚摸着女儿的头，一边问她。这栋房子里的人都喜欢拥抱。

“工厂按照艾玛的菜谱进行大量生产时，会把各个配料进行定量分配。因为我老婆的菜谱通常是这样的：一大、中、小把的这个或那个，一小撮这个东西，少许那个东西。火候嘛，一定要热但是也别太热。之后，你会怀疑这个 × × 的（食品卫生指标）[1]……”

“爸爸！”夏洛特尖叫了一声，维克多高兴地双手鼓掌。

“哎呀，对不起，宝贝儿。我会往脏话盒子里放 5 欧元的。”他跟亚历山大解释，“不太严重的脏话，罚 1 欧元；情节严重的，罚 5 欧元。等到年终，我们会拿盒子里的钱去下馆子。这么说吧，食品卫生标准实在太难搞，所以有些配料或者工序需要做调整。我们是在高端熟食这个行业发展，有前景，这个行业就是客人满意才能赚钱。正常情况下，我们的产品很快就要进入北美市场了。祈祷吧。”

“为什么要弄碎糖果（之前纪尧姆为了表达食品卫生标准难搞而用了‘弄碎糖果’[2]这个比喻）呢？”维克多很困惑地问。

大人们被问得有点尴尬，静了一会儿。

---

1 此处纪尧姆的话还没说完，因为言语里带了脏话被女儿打断，法语为“enculer”，意为“妈的”。他想说的是法国的食品安全标准太严格，下文会提到。

2 法文的糖果是“bonbon”，也有“睾丸”的意思。

艾玛为了活跃气氛，杜撰道："亲爱的，是这样的。如果有人把你的糖果都弄碎了，你会不开心吧？意思就是说某种东西很烦人。"

看着夏洛特那懒洋洋的半信半疑的表情，亚历山大就知道她显然是不太认同这个牵强的解释。

孩子们去玩了。纪尧姆说他们长期以来的爱好是《哈利·波特》。维克多一直想着能捡到一截能变成魔法棒的木棍；而夏洛特则总是觉得自己就是赫敏，因为她也是个好学生。艾玛做了补充："只要他们不把金龟子或者老鼠屎当成糖果吃掉，我就知足了。"

在花园散步时，艾玛带他看了一些她种的香料，然后给他介绍了她养的玫瑰，语气中带着极大的自豪感。"这是一株龙沙宝石[1]！"她明确地说。她是在垃圾桶捡到这株玫瑰的，当时它已经干枯得快死了。亚历山大出神地看着这株硕大的攀藤玫瑰，白色的花瓣透着淡淡的粉色，丰满多肉，让人忍不住想咬两口；花瓣边缘的粉色更深些。一株华美的玫瑰！

"我刚栽上它的时候，纪尧姆很确定它活不过来了。我用了两年的时间悉心照料它，施肥，跟它讲话，它终于开出了第一朵花。又过了两年，一整墙的玫瑰！我很爱这株玫瑰，它是

1　世界公认的殿堂级玫瑰品种，它的花朵开始时是深杯状，然后逐渐展开，柔和而浪漫。

我救活的。”

纪尧姆把她搂在怀里，这让亚历山大觉得在他怀中的艾玛显得更加娇小。可是，也正是她让他活力四射，精力充沛。这也是一种惊人的能力。

在他们不远处，有一对斑鸠正在啄食艾玛早晨扔的种子。她说：“我喜欢观察它们。它们那么漂亮，那么害羞。”她轻轻地走近正在啄食的鸟儿，仿佛在跟它们商量：希望我没打扰到你们，能跟你们一起吗？“我觉得这些山雀很有趣。它们是敏捷的战士，如果有喜鹊威胁到它们的蛋，它们会毫不犹豫地发起攻击。喜鹊可又大又不好惹。”

晚餐完美结束。等维克多刷完牙，纪尧姆就带孩子们去睡了。很明显，小维克多每天刷两次牙。之后，他们三个大人决定看个电影。经过一番犹豫和争论，艾玛最终对两个大男人做出了让步——看一部老西部片，但只能看《日落狂沙》。纪尧姆随即不见了，回来的时候拿了一盒舒洁纸巾，并表明：“给，我的小猫咪。这样，你就不用起来啦。”

原来，在整个电影过程中，艾玛几乎都在哭、擤鼻子，揉成团的纸巾堆在茶几上的托盘里。她老公满是怜惜地看着她，而亚历山大觉得她挺有趣。

这一夜，亚历山大睡得格外香甜。

*　　*　　*

第二天，亚历山大一下楼，艾玛就开始在厨房里忙起来。突然下起雨来，雨点噼里啪啦地敲打着门窗玻璃。

“纪尧姆在洗澡呢。他每天第一件事就是洗澡，这之前什么都不想干。我正好相反，要么吃早饭，要么我就会变得很烦躁。早餐是李子果泥、草莓果酱或者橙子果酱，奶油双球蛋糕，还有自制的玛芬蛋糕。你喝茶还是咖啡？”

“牛奶加咖啡，谢谢。”

“啊，没有比这个再经典的了。”她笑着说，“孩子们晚点吃，他们还要再睡会儿。”

享用完早餐，纪尧姆和亚历山大一起收拾桌子。

突然，艾玛指着厨房的玻璃窗叫了起来：“快来看！我想我从来没见过如此完美的彩虹！好像我们在苏格兰一样。快来啊，快点，我们出去看看。”

两个大男人在石子路上拖拖拉拉地走着，只是为了让她高兴，免得被她说“你们这两个家伙赶紧动动”。

他们抬起头，嘴微张，注视着这个由光组成的完美的半圆。突然，艾玛拍着手，说：“看哪，看哪！第一道彩虹上面又出现了第二道。哇，这实在太美妙了！许愿！得赶紧许个愿！”

亚历山大照做了。艾玛紧接着说，许下的愿望是个秘密，说出来就不能实现了。他多么愿意相信她，他只愿意相信承载着美好诺言的迷信。不管怎么说，他们欣赏了这道双彩虹足足六十秒。然后彩虹渐渐淡去，消失了。亚历山大感到惊讶，因为他一整天心情都非常好，像个孩子一样，他称之为“彩虹效应”。这种平凡与壮丽共存的现象让他感到平静。

*　　*　　*

周日的午后，在开往首都的火车上，亚历山大想，他遇到了幸福的人，真正幸福的人；不是那种不停地重复对生活、工作、女友（或男友）如何如何满意，孩子如何如何听话的人。他和这家真正幸福的人度过了一段非常美好的时光。这是一种完美的正常状态。但是，如果我们找到了自己的幸福感、平衡感，有自己的小财富，同时既不轻视也不打扰别人，不因为社交的成功而觉得自己成了全人类的楷模，那我们可以忽略所谓的标准。此外，一种淡淡的忧伤在他体内蔓延开来——一种受够了的感觉。但也没什么，只是一个很模糊的念头：他不过是从一天过渡到另一天，周一和周二一样，周三跟周四、周五也没什么区别。然后又是同样的一周。从周一到周三，或者从周三到周一，没什么突破，没什么改变。没什么让人想开怀大笑的事，也没什么让人生气或者哭泣的。很快地，他又安慰自己：也许也有一个艾玛在某个地方，只等一系列奇特的巧合来与他相遇。

安东尼说：然而，刚到巴黎，亚历山大就已经忘了那一分钟的彩虹，甚至被艾玛称为“那一分钟”的和纪尧姆的相遇。

苏菲

第四分钟

2008年，巴黎

亚历山大在他常去的那家小馆子吃法式焦糖布丁，就是那家菜品品质不错，菜单传统，但他认为缺乏创新的餐馆。每个营业日，餐厅里通常都是满座的，但是老顾客都会有为他们预留的座位。他喜欢一个人吃饭，从来不找别的同事跟他一起——他不想谈工作。相反地，他用这大约 45 分钟的时间，放空头脑，不去想那些数据、资产折旧、保证金和投资。

实际上，除了某些时候——某几个晚上或者周末，孤独并不会让他感到不安。这无疑因为他是独生子，或者说基本上是独生子。卡特琳娜在他 12 岁的时候开始抚养他，也就是在她姐姐、亚历山大的母亲伊丽莎白去世之后。那时候她的儿子劳伦只有 4 岁半，而她已经是单身。这两个男孩因为年龄的差异，在许多年之后才成为朋友。劳伦是个不错的孩子，但是有点心不在焉，吊儿郎当。那时，亚历山大的世界随着母亲患上癌症坍塌了。母亲去世后，他一度认为这世界随时会变得伤痕累累。那是他生命中第一次感到异常害怕，同时悲伤让他痛不欲生。于是他决定要给自己精心打造一种稳定的生活，把所有威胁、隐患降到最低。但是这样的代价就是生活中没有了“随性”和“梦想”的位置，而这却是劳伦眼中的两大支柱。这种有点谨小慎微的“睿智”是亚历山大的气质的一部分，也许这源自母亲过世的悲伤？他不知道，他也没问过自己这个问题。在他心底，伊丽莎白的死让亚历山大跳过了青春期，从童年猛地过渡到了成年。许多东西突然变得很重要，变成他无法定义却让他不安的严重后果的承载者。

就这样，亚历山大成了一个很有计划的人，而劳伦一直很随性。他们两个的气质没有哪个更高贵，没有哪个比哪个更好。抛开遗传的因素，我们在创造我们的人生时，总是会尝试去排除让我们害怕或者让我们讨厌的东西。承诺对劳伦而言是一种责任，没把握则让亚历山大焦虑。烦恼是我们基于害怕和童年的理解（更多的是不理解）而搭建的自我保护的壁垒、体系和策略。之后便很难使其合理化，也很难从中摆脱出来。这些没有道理的恐惧，已经长期印在了我们生命的轨迹里。

餐厅的老板马塞尔站在他的餐桌前，他的将军肚上围着一条厨师特有的白色大围裙。他本名叫让·克洛德，他换了这个曾经在战前战后很“法国”的名字是因为他的小餐馆叫“马塞尔之家”。他这样也是为了保存一种多年以来很受游客欢迎的“小餐馆的氛围”。只差贝雷帽和小胡子，他就真的成为一个具有典型法国人缺点的卡通人物了，或者成为一个有眼光的商人推销自己的标志。

“亚历山大先生，您介意我安排那位年轻的女士坐到您桌上吗？”他用手指着餐厅的狭窄的门口问。他眨了下眼，又接着说：“咱们可都是绅士，总不能让她饿着肚子，是吧？”

其实，这位年轻的女士很漂亮，瘦瘦的，中等身材，一头长长的金发（显然不是天生的）用发卡束在脑后。她脱掉海军蓝的大衣和灰色细羊毛披肩，然后坐到亚历山大对面，微笑着说：“希望没有打扰到您。我有个工作上的约会延迟了，我实在是太饿了。”

他很喜欢她的声音，平静、轻柔。

“一点也不打扰。况且，我马上就吃完了。”

当她说“我叫苏菲”时，他立刻感到她觉得他是她喜欢的类型。

“亚历山大·柯洛诺斯。”

“你好，亚历山大。”

他基本上吃完他的焦糖布丁，正准备起身的时候，苏菲提议：“来杯咖啡？以表达我的歉意。”

当然啦，一个显而易见的借口——就像说鼻子在脸中间——就是为了争取点时间。她的鼻子刚好很漂亮，而他也没迟到，于是他很愉快地接受了邀请。

就在这时，他又听到了一个女人的叹息声，半张着嘴的叹息声。声音像是从嗓子眼发出来的，低沉、嘶哑，又很柔和，还有点质问的腔调。

他转过头去，瞥见一个高个子，梳着又长又齐的棕色头发的女人出了餐馆。

“不好意思，我以为碰到熟人了。”他跟苏菲说。

他们互相说了一些平常的小事。苏菲是一家大出版社的人力资源部助理。亚历山大喝完咖啡，站起身。他明白她正在快速地权衡利弊：要不要把电话给他？一方面，他可能会认为她太心急了；另一方面，他是她喜欢的类型。他本可以要她的电话号码，但是他更喜欢等一等、逗逗她。

她越来越糊涂，最终她还是有些尴尬地提议：“嗯……如果您有空，我们或许能再见面？我也不知道，看个电影？”

他使劲按下“魅力无限”按钮，露出笑容，像是在说“如果你对我无感，那说明你需要隐形眼镜了”。当然这不适用于苏菲，或者她已经戴了隐形眼镜。

“非常乐意。”

他在带有花纹的纸质的桌布的一角草草地写下了自己的手机号码，而她递给他一张名片，在上面她留下了自己的私人号码。

“我会给你打电话的。”他明确地说，“祝你度过一个美好的下午，我得赶紧走了。再见，苏菲。”

出了餐馆，他意识到，在他和苏菲聊天的时候，大脑的一个角落一直不停地在躁动。他在哪里听到过这叹息声？又是在哪里看到过这女人的背影？好奇怪。在他的位置，他能看到餐厅的全景，但他并没有在就餐的客人中注意到她。天空中飘起了细雨，他大步向办公室走去。

他的鞋底滑过一片被雨淋湿的树叶，而他并没有看到，因为没时间。可他既没迟到，也不着急。况且，他加班的小时数足以让他的老板对他午饭时间的长短睁一只眼闭一只眼。

他这样没来由地匆忙，真是可惜了！如果他低头看一眼，他就能发现一片发红的、精美的、湿漉漉的，并有着完美的几何形状的落叶。

接下来的那个星期，继一场歌剧和一顿在苏菲家的浪漫的晚餐之后，苏菲和亚历山大成了情人。

苏菲觉得自己很幸福。她聪明，很容易相处；她有幽默感，和她做爱也非常舒服。她喜欢做爱；至于亚历山大，尽管他至少可以在一段合理的时间内不做，但他还是喜欢的。从某些方面，有时她让他想起艾玛，只是有时候。

亚历山大没有爱上他哥们的妻子艾玛。然而，他本来能够爱上她的。他应该在去他们家里做客的另外两个周末问过自己这个问题，他在那栋由艾玛打理的房子里感觉如此放松。当然，她在他们初次见面时就已经吸引了他。他如果不觉得艾玛非常迷人，那肯定是他眼神不好。另外他几乎可以肯定她感觉到了，女人总是装备了很多小天线来接收这类信号。艾玛可不是那种对此类事情装作毫不知情的女人；更不是那种享受这种感觉，任其发展，甚至冒着毁了一段友情的危险，让大家受伤的女人。她清楚地跟他示意：她生命里的男人，也是唯一的男人，是她老公。这个敏感又恭敬的男人（绝对不是那种死缠烂打型的）很快就明白了这种无声的信息。亚历山大对她本该有的感觉便悄悄地转化了。最初，是一种很自然的关系，现在他如爱妹妹一样爱着艾玛。

然而，亚历山大更多地觉得他与艾玛的关系要比和纪尧姆的关系更近。但是无论如何，这两个男人之间还是哥们儿或者是真正的朋友。他们相互交流，开玩笑，有时说说知心话。尽管如此，他们是不会想到创造一些“只是闭上眼睛，想象着此时感觉非常美妙”的时间的。只是呼吸，倾听朋友（男朋友或女朋友）的呼吸，这是女人的东西。但也不是所有女人的，艾玛擅长于此，但苏菲不。

十月初，他决定去卡特琳娜姨妈家过周末。让他吃惊的是，他竟然一点也不想邀请那位年轻的女士。这个反应让他感到困惑。卡特琳娜会张开双臂迎接他的新女朋友。他有点胆怯，拒绝再在这个话题上纠缠。如此说来，他得承认他把苏菲搁置在他最私密的圈子之外。对亚历山大来说，性并不是什么私密的事情，甚至远远算不上私密。相反，他与卡特琳娜的亲子关系却碰触到了他最私人，几乎是机密的地方。把它跟第三者、一个陌生人分享，哪怕她跟他上过床，也让他觉得尴尬。预感到苏菲可能会觉得自己被疏远、不受欢迎，他就编了个说得过去的托词。当她恳切地表示异议时，他就和盘托出了他那并不牢靠的说辞。

“我很想见见卡特琳娜姨妈。你提起她的时候总是带着柔情和爱意。总之，（你们的关系）就像不可撼动的柱石。”

“嗯，她一定会喜欢你的。但是这次，我不敢肯定……我觉得她最近有些不对劲。这让我想到我妈妈。确实，就像看了一部很糟糕的电影。我想，她想和我单独谈谈。而且，我更喜欢劳伦也在的时候，把你更正式地介绍给他们，比如圣诞的时候。”

他在说谎。

而苏菲只记住了他们的关系会在下次“转正”，她觉得很满足。

2008年，图尔

跟往常一样的那个周末，有着初秋的明媚的阳光，十分柔和、平静。卡特琳娜这个精明又充满母性的女人，能一秒就找出关键点，指出一碰就疼的瘀青。于是她便撒网，然后轻轻地收网。她撒的网能捕捉到在混浊的灵魂之水里逃脱的东西，尤其是她两个儿子的（亚历山大像劳伦一样，都是她的孩子）。

于是，她问了三次亚历山大：“亲爱的，你确定一切都好吗？”

“是啊，真的。我就是有点累，没别的。苹果酒烧猪肉、炖牛肉、三文鱼馅饼实在是太美味了。”

她每次都回以质疑的微笑，但也没再坚持。

周末期间，卡特琳娜身上一个微妙的变化引起了他的注意。他发现她的语气不像以前那么欢快、肯定。

“你呢，你好吗？我看你脸色有点发白，你看起来很疲惫。”

“体检结果说我有点贫血，没什么要紧的。医生给我开了补铁的药。除此之外，我的检查结果可是要羡慕死20岁的小姑娘。”她开玩笑地说。

是的，这两天之中，亚历山大有时会想纪尧姆、艾玛和他们的孩子们在干什么，但他没想过苏菲。反倒是那个棕色头发的女人的背影在他脑海里闪现过几次。

落叶

第五分钟

2008年末，巴黎

亚历山大关了手机。他有些发抖，他对自己用这种有些卑劣的方式逃走感到自责。他没有勇气面对面地跟苏菲说“不，你不能去图尔跟我们一起过圣诞，还有我们需要结束这四个月的感情”。一段至少在他眼中并不令人愉悦的感情。加上他的懦弱，他完全干得出来这事，而他对苏菲又没什么可指责的。抱怨会让分手变得容易，尤其是再添点油加点醋。

经过前两个月频繁的性爱之后，他们的关系迅速降温。亚历山大还是更喜欢单身的生活。他不需要有人陪他吃饭、聊工作、看电影、购物，或者陪他在健身房花一个小时做负重训练。实际上，苏菲很快成了他的“跟班”。如果他诚实点，他应该认识到这个“下属的职位”是他给这个年轻女人的唯一头衔。然而这天晚上，他对“诚实”没什么概念。四个月之后，他明白了他永远也不会爱上她，尽管他很喜欢她。无疑的是，之前他也本能地从没邀请她跟他一起去他诺曼底朋友的家。上个星期，苏菲还幻想着他们该过渡到下一步——一起生活。恐惧占据了他整个头脑，他没有任何想跟她一起生活的欲望，这过于亲密。

他只想简单地告诉她这些,用他觉得最不伤人的话告诉她。

如何才能在有人开始挑逗你，但又强迫你接受他的爱不能跟你分享时而不想谋杀他？苏菲流着泪，非常愤怒，无法接受这一切。她在电话里愤怒地吼道："好！你跟我发生关系四个月，现在才发现你根本不爱我，是吗？可怜的笨蛋！臭男人！我真是受够了你这种男人！浑蛋！"

她挂了电话。

他最后一次看了一下手机里的她的照片，然后删除了。

亚历山大足够聪明，他明白艾玛是幻想中的完美女人。他确定没有爱上她，但是他渐渐地说服自己要找一个跟她一样的或者差不多的女朋友。然而，幻想总是令人望而生畏的——现实几乎总是让人失望。

特别是亚历山大并没有认识到艾玛在他生命里的重要性。她既不是一个图标，也不是一个原型，她是那个源自剐坏车身的一分钟的美妙的爱情故事和出现令人惊奇的彩虹的那一分钟的诠释者。艾玛成了某些非常重要的分钟的代表，而亚历山大并没有理解这一点。

他起身用一只手给自己倒了杯红酒。他走近客厅、餐厅、客房、书房的高窗，向昂吉安路瞟了一眼。这一眼深入黑暗之处。秋天用狂风暴雨来标明自己的领地，一片落叶紧贴在双层玻璃上。这是一片湿透了的落叶，有两种不同的、完美共存的红色。他突然想到在地铁出口自动扶梯上的那一片叶子。他想不起那到底是哪天晚上。可是这条没有树的街上怎么会有一片落叶？他对植物学一无所知。他看着这片落叶，没有头绪。来了一阵风，落叶从外层玻璃上被吹起来，飘向远处，湮没在黑夜里。他为它感到惋惜，也被他这个反应所震惊。

和苏菲这段痛苦的感情结束之后，他极力想给自己找个消遣。于是他联系了热雷米，那个成为风景设计师的老朋友，他可能会知道。亚历山大成功地用这个以闪电般的速度在法国扩散开来的社交工具联系上了热雷米——脸书再次证明了自己的用处。

他把下班时买的中餐热了热，倚靠着小厨房的台子开始吃饭。他再次回到电脑前时，热雷米已经回复了他：

“根据你的描述，那应该是一片有着蹼形叶脉、轮廓清晰的叶子。我觉得是一片枫叶或者悬铃木(应该也是枫树的一种)的叶子。去维基百科上看看，确定一下，我也很感兴趣。再见，兄弟。”

亚历山大立刻就开始行动。那正是一片枫叶，有着秋天的颜色。在巴黎十区有枫树叶？确实，欧洲很多地区都有枫树，但是即便是仔细地寻找，他也没在附近见过枫树。

他给他的风景设计师朋友发了一条消息：“这应该确实是一片枫树叶，谢谢你。话说回来，你对植物学还真是有研究！”

换了几个电视频道之后，他就上床睡觉了。他睡得很沉，凌晨三点醒来也像睡了12个小时一样精神。和苏菲在电话里的争吵又在他脑中闪过。他没有勇气开机，很显然她并没有结束对他的谩骂。好吧，他理解她，但他也不想受到辱骂。

夜里他醒了好几次，他觉得没必要再在床上赖着，试着再睡着。比起像烤松饼一样在床上翻来覆去，倒不如起床，忙碌起来。一些不祥的想法汹涌而至。亚历山大曾经读到过，在睡眠时间，负责分析、平衡和努力想象的大脑皮层处于活跃的状态。于是这就给大脑的边缘系统[1]留下了足够的自由空间。边缘系统控制着我们的情感、紧张时候的反应（特别是恐惧）和记忆的形成。更简单地说，边缘系统就是在灾变说和世界末日学说之间跳跃，比如十区将有一场海啸，它会把所经之处的一切席卷一空；又或者一场里氏15级的地震将要发生。更直白地说，我们大脑的这个部分就是负责带来恐惧、不安、犹豫和担心，它们会在毫无客观根据的情况下给我们诸如“我会丢了工作”“会摔断一条腿”又或者“会被花盆砸中脑袋”之类的暗示。大脑新皮层在这时处于半睡半醒的状态。它不能在那儿指挥小脑和边缘系统：“睡觉吧，你们这群占卜师的鸟，赶紧

1　大脑的边缘系统，是继小脑之后的第二部分大脑，随着第一代哺乳动物的诞生，出现在大约六千五百万年前。对主要的本能行为和记忆过程有重要作用，也是警觉和紧张等情绪的来源。大脑皮层的概念已经遭到质疑，但这里我们就不细说了。

闭嘴！”于是亚历山大决定起床，唤醒他大脑的新皮层，好让它把边缘系统“关进笼子”。他把所有能引发另外两部分大脑胡说八道的有力的论据都整理起来。首先，里氏等级最高只有9级！当然，边缘系统和小脑一样，都很重要，但不是在它们侵蚀我们的生命和夜晚（的睡眠时间）的时候。

亚历山大准备去小厨房喝一大杯水。他大脑新皮层已经做好“战前”准备，坚决地推开了边缘系统。

他听到楼下关门的声音。是埃莉斯的老房子的房门。他还是一直没有见过D. 阿赛尔和O. 阿赛尔这对夫妇，因为他跟其他邻居也没什么联系。他也就没能了解一些关于已经搬到这楼里一年的新邻居的信息。他本想快点开门去看一下，之后发现自己只穿着内裤。

他才不在乎在楼下的面前是不是失礼！

安东尼说：亚历山大从来不裸睡，除了有女伴在身边的时候。无论如何，即使受到威胁，他也不会说出原因——如果楼里发生了火灾，他必须光着屁股逃生？这至少能证明他的边缘系统非常发达。无疑是太发达了。

穿羽绒服的少女

第六分钟

2009年，图尔火车站

这是一个周一的早晨，天有点灰暗，亚历山大在站台上跺着脚。他也不清楚自己到底是得了感冒还是别的，周末的大部分时间他都是在以前的房间的床上度过的。周日下午，他本该像平常一样坐火车回到首都，但他一直头晕，觉得非常疲惫。于是他决定坐第二天第一趟火车回去。他给他的老板于贝尔·德拉维涅发了信息，跟他解释说他可能会迟到一会儿。

姨妈卡特琳娜在他身边无微不至地照顾他，俨然变身成了时刻保护被拔了毛的小鸡仔的母鸡。喝了她给他准备的蛋奶酒[1]之后，他感觉好多了。小时候只要他不舒服，姨妈就会给他准备这个蛋奶酒，不可替代。其实他们都不太相信饮品类的治疗效果，但是这个甜甜的蛋奶酒的几近神奇的疗效也不用再论证了。一闻到新鲜的蛋黄液混合着加了糖、香草和肉桂的温牛奶的味道，他就已经觉得好多了。说心里话，生病这两天他觉得很舒服。但一旦不再头疼、鼻塞，嗓子不再发炎，这段

1　或译作蛋酒、甜蛋酒，是一种饮料。主要成分为牛奶、奶油、鸡蛋，再加入糖、肉桂、香草等香料。本身不含酒精，但可以在其中加入朗姆酒、白兰地或者甜酒，做成鸡尾酒，以提升其香味。最早起源于英格兰，英国人相信蛋酒有治疗感冒的功效，常在冬日食用。在美国及加拿大非常流行，特别是在圣诞节、新年等冬季节日。

只是为了被爱和被照顾而放任自己去装脆弱的小朋友的时间真是让人脸红。

亚历山大看了不下十次表。他得九点或者九点半才能到办公室。天气很冷，偏头痛过后的感觉一直包围着他。站台在黎明的昏暗里向远处延伸。他烦躁地大步走来走去，好像这样做就能让火车快点来。他重复跟自己说不会迟到很久，其实这根本不重要，因为他可以晚上工作。他无法平静下来。他在为一些琐事、一些不再重要的事恼火。他为自己不能控制时间，不能控制他自己的时间而生气。时间总是过得很快，哪怕它没什么用，没有任何意义，它依然过得很快。

一个数字化的女声传来，通知乘客火车晚点 12 分钟。啊，12 分钟，这在亚历山大眼中是很长一段时间，于是他火气更大了。他嘟哝着，看了看手机，使劲拽了一下肩膀上挎包的肩带。他来来回回地走着，叹着气。他很恼火，耐心几乎耗光了，他没发现那令人绝望的一分钟正在向他走近，已经到了他身边。

一个年轻女孩，面容憔悴、苍白，一动不动地站在站台边上。她虽然穿着羽绒服，但还是快冻僵了。她很年轻，大概 20 岁，褐色头发，扎着马尾。她显得很颓废，眼睛红肿。她时不时地拿一张皱巴巴的纸巾擦擦眼泪。火车的大灯突然划破了黑暗，过了一段弯道之后，火车出现了。女孩以一种奇怪的眼神死死地盯着这个巨大的机车。在她旁边，亚历山大低声抱怨着，从牙缝中挤出一句“不能再早点了”。火车正在进站的时候，女孩突然向车头方向冲过去，于是一声尖叫，好多声尖叫……一个上了年纪的男人刚好在后边抓住了她的羽绒服。不远处有个女人尖叫着，几个乘客赶紧来帮忙。老先生紧紧地抱着女孩，几乎快要哭了，在她耳边轻轻地说：

“哦，姑娘，姑娘！你这个年纪，什么都不值得你这样做。真的是什么都不值得，你相信我这个老头！来，我请你去候车室的自动售货机喝杯咖啡或者热巧克力。来，如果你愿意，我们可以谈谈。我没什么急事。什么都不值得这样做，我跟你保证。”

这一分钟，亚历山大完全沉浸在他的怒火里，把周围的人都忽略了。他什么都没看到，什么都没感受到。他睁大眼睛，半张着嘴，呆在那里，不知道发生了什么，只看到那个年轻的女孩和那位老先生。他眼里露出一种后知后觉的惊慌。在离他只有 30 厘米的地方，他竟然没看到有个生命只差两秒就在钢铁轮子的轰隆声中陨落。

之后，女孩似乎跟着救她的人进了车站。

想到有人差点在他眼前死去，他惊呆了。他不想知道这女孩是谁，为什么做出那个可怕的决定。实际上，他从来没亲眼见过死亡。他妈妈快不行的时候，家人把他跟她分开了。慌乱中，他明白妈妈就要死了，但是他没有见到妈妈最后的痛苦。他父亲，终于自觉地负责任了一次，从他已经生活了几年的意大利回到法国。对他来说，父亲这个角色一直是个未知的领域。这么说吧，一个婴儿发出“啊嗯”的声音，我们也回应他“啊嗯”，给他喂奶，这有点像我们一边给客厅里的植物浇水，一边想着别的事情。那是他第一次（也是唯一一次）见到父亲，他让他安心。他照顾他的前妻，他儿子的母亲，以一种真正的柔情陪她走到最后。他也负责了葬礼的事宜。然而在他心目中，其他的——也就是他的儿子——却很模糊，甚至可有可无。当卡特琳娜确定她可以照顾她外甥的时候，他差点跳起来。对他来说，这是一个令人钦佩的解决办法。这样，亚历山大就不用离开法国，也不用说另一种语言。而且由一个女人来抚养孩子是再好不过的，他当时的女朋友显然不能进入这个行列。尤其是，他避免了跟继承了他一半基因，却又把他当成陌生人的儿子住在一起。他父亲是个怪人，一个长不大的孩子，并不是个坏人，但也不值得托付。实际上，“严谨”和“责任”对他父亲来说都是浮云。可他并不觉得这是缺点。在这种情况下，应该别要孩子。不严谨不负责任的人往往很古怪，总是把事情往好处想，很轻率。可他们常常是有道理的，尤其当其他人小题大做的时候。只要我们不较真儿，他们通常是很好相处的。

亚历山大很快就放心了。幸运的是，老先生反应敏捷。而且，女孩也看出来她想要做的事是不可能的。她在思索，她所处的情况也许并没有想象的那么糟。

他上了火车。

背后传来一个女人的叹息声，从嗓子眼发出来的、有点沙哑的、透着悲伤的叹息声。

他在沉浸在黎明的微光中的站台上搜寻。一个穿着浅灰色大衣、深色裤子的高个子女人向远处走去。他认出了她深褐色的、又齐又长的头发。

当他坐到座位上，打开手提电脑，一个念头划过脑海：他在火车上都会工作，那晚点十二分钟又有什么重要呢？答案只有一个：一点也不重要。

安东尼说：他还是不够幸运，这个念头很快就消失不见了。亚历山大专注于大堆的图表，指尖在键盘上飞舞。

亚历山大还没认识到一个无法否定的事实——某些分钟之间有一种客观的碰撞。它们重要得让人害怕，就是这样。剩下的就会成为我们期待的样子。如果我们认为它们重要，它们就变得重要，甚至很重要。这就是艾玛和纪尧姆体会到的。还有那道双彩虹那一分钟……我们会认为我们不在乎。注视一道彩虹也不是生活中必需的，不是吗？是的，但是当我们回忆起来我们曾经见证了一道双彩虹，一种罕见的现象，我们会觉得幸福。这一分钟能让我们开心，那它就会变得重要。至于亚历山大，他强行跳到下一分钟，他一点都想不起来了，或者说几乎什么都想不起来了。他生命里的分钟正随着他的脚步在减少。他一只脚踏到一分钟，又到下一分钟，然后下下分钟。到最后，他一分钟也没把握住。除了在诺曼底那一分钟，见到完美的彩虹那次。

瑞贝卡

第七分钟

2009年，巴黎

经济危机的效应开始显现出来了。西部信托丢失了客户，被迫关了公司。他们莫名其妙地因为银行冒险投资而节流，加之少数遗产顾问觉察到了这些微妙的变化，“倒戈”转向投资人。

亚历山大没受到威胁，至少当时没有。他信奉沃伦·巴菲特（一位用财富和投资证明他知道自己在说什么的先生）的座右铭：“永远不要被你不懂的体系牵着鼻子走。”用亚历山大自己的话说，就是“当你看不清的时候，就拿个放大镜吧”。也有一些客户，当初并不看好他的“好眼光”，现在却很感激他。但是也有一些客户认为他过于保守，于是换了别的顾问，最后损失惨重。

工作节奏放慢了。有时亚历山大会有点焦虑，他想到公司马上就要开始解雇员工了。必然地，他肯定在名单里，尽管他负责的那些公司对他赞不绝口。但问题是，跟其他同事不同，他没有家庭负担；此外还有另外一个同样单身的年轻的女同事。要解雇一个没有犯过错的员工，同时也把损伤降到最低的话，那重点考虑的就是避免遣散一名有三个年龄还比较小的孩子的员工。这很符合逻辑。

这个周四，他费了好大劲终于找到一份文件。下午四点他就完成了一天的工作,这是他们的工作量大大减少的有力证据。他又拖延了一会儿，整理整理办公室，然后回家了。

他在亚洲熟食店买了寿司和生鱼片作为晚餐，脑海里突然闪过埃莉斯撇嘴的样子。他爬楼梯时、经过她那层楼时，时常会想起这位老妇人。一个越来越模糊的记忆碎片。

他把买回来的食物放到了厨房的小冰箱里。要干点什么来打发晚饭前这段时间呢？他百无聊赖地登陆了脸书，上上网。他犹豫要不要看上个月买的《权力的游戏》这本书，又觉得这么棒的书还是留给某个漫长的周末吧。

他打开电视，不停地换频道，突然有个面孔引起了他的注意，勾起了他青少年时期的回忆。是乔恩·邦·乔维，卡特琳娜二十年前的偶像。他姨妈曾经是这支硬摇滚乐队的粉丝，其成员都留着一头那时候非常流行的长发。跟其他摇滚乐手相反，他们很好地应对了向“老爷爷摇滚乐手”的转型。受这些回忆的影响，他决定看看 1995 年上映的《月光情圣》，他那时只错过了一点开头字幕。这部片子剧本矫情得很，虽然做了很多润色，还是只有那么几行。女主人公瑞贝卡的老公外出去跑步，当时她有其他事情要做。她老公被一个无良司机碾压致死。她再也没能跟他说永别，跟他说她有多么爱他。她最好的朋友、她的姐姐、她曾经的婆婆都试着让她振作起来。然后一个由乔恩·邦·乔维饰演的出色的男人出现了，温柔、精明，是个油漆工。

尽管演员们的演技很不错，但看过一遍的电影再看第二遍时，他还是觉得很无聊。亚历山大很多次都想换台却还是忍住了。他很惊讶。他并不是一个真正的电影爱好者，他觉得自己也就称得上是个业余爱好者。一部失败的电影，或者像这部这样蹩脚的电影，会促使他去干别的事。如果有人跟他说实际上这部影片里有些东西跟他很像，那他就能安心了。他对这部无聊的电影的特殊的兴趣就可以得到解释了。但问题是，他还没有准备好去弄明白这些东西。

电影结束了，他边叹气边站起来。可是，一些他并不愿意出现在脑海里的场景接踵而来：一个女人因为她老公没有买面包或者牛奶而大怒，或者一个男人因为他妻子忘记前一天去洗衣店拿回他的西装而生气。他们在早上分开，互不相让，为了小事吵翻天。他们觉得无所谓，因为他们坚信晚上便会和好。而后对方在大街上发生车祸或者心肌梗死，他们会陷入深深的痛苦之中。因为前一分钟我们本来可以说："你真是烦死了，但是你依旧是我的最爱。"

亚历山大开始吃生鱼片。他想：是啊，确实这样，人们总是为鸡毛蒜皮的小事争吵。但是，他也不是那种会因为一身西装或者一根法棍就发火的人，不是吗？

安东尼说：因为一点小事或者一股无名火离开我们所爱的人，一分钟之后，也许就太迟了。

我很喜欢保罗·塔斯在《以弗所书》中写的这句话："只有太阳不会带着你的愤怒入睡。"[1]（但我对他并没有多少好感）

亚历山大不知道不是只有怒气能把一分钟变得无法容忍。还有冷漠、缺少关注，或者很多经常发生的但无法预见的突发事件。我们大部分人尤其赞同这个信条，一个错误的、非常错误的信念——失去的一分钟总是能够再找回来。这也解释了我们总是错过那些美妙的一分钟，能改变命运的一分钟。我们看不见它们或者自我安慰说这错过的一分钟还会再出现的，这往往是真的。又一次，生活很慷慨很宽容。相反地，其他的一分钟是唯一的，只出现一次。它们有时候很耀眼，有时候很可怕，就像女主角瑞贝卡所遭受的那样。这就是为什么我们需要全神贯注地去关注它们。

我们可以对某人发火，但是需要一个站得住脚的理由。大家都知道的某些情况下——我想，比如亲近的人的背叛——我们可以发火。但要注意的是，这就需要我们确定自己绝不可能原谅他（她）。同时也非常有必要对自己诚实、客观：我们是不是对他人犯的错也有一定的责任？一个男人出轨了——他是

---

1 《以弗所书》，第 4 章第 26 节。

男人，所以没关系。但是对于他妻子来说，这是一种背叛，是爱得不够的证明，是一种耻辱。如果有一天她也出轨了，更多的是为了报复或者为了证明她的魅力。如果这个男人诚实，那他就应该能够找到他妻子这样做的根源。

所以这就需要我们谨慎地去判断我们的怒火是否是正当的、有根据的。尤其要肯定的是，无论怎样，我们都会不为之后悔。其实，如果我们检索我们的人生，我们就会发现，很少有情况值得我们发火，很少很少。我们自问：如果这个我们认为他有错的人第二天突然消失不在了，我们没有机会再和他说话，那我们还会如此反应吗?

我并不是说要原谅所有，忍受所有。有些人很过分，有些人无可救药。这就需要让他们明白我们的愤怒，不能容忍他们对我们为所欲为。然而，在大部分情况下，我们都是小题大做。这让我们耗尽本可用在其他地方的精力。

留着长发的摇滚歌手

第八分钟

2009 年底，巴黎

卡特琳娜姨妈很少给他打电话了，她总是怕时机不对。尽管亚历山大向她保证她永远也不会打扰到他，看到她的号码出现在手机屏上时他甚至非常开心。那天快晚上九点了。

“我可以再打过来，如果……”还没跟他说晚上好，她先这样说道。

“我都说过一百遍啦，我很高兴听到你的声音。另外，我也不会挂电话的，好吧？”

“嗯，好的，很好。家里的锅炉坏了，已经三天两夜了，可冻死我了。”

“天哪！你找人修了吗？你想我回去看看？”

“不用，已经修好了。我威胁了那个可恶的水管工罗朗。不然等他来修，得等到猴年马月。只要他还能来，我就还得祈祷他有个好身体，为了拿到一张高额的发票。”她开玩笑说，“其实，我恨死他了，但是他是这里最好的水管工。还有就是，他能修那些和他一样老的锅炉。”

亚历山大笑出声来。他姨妈和她的水管工的纠葛持续了有二十年了。她定期地威胁他要把他打昏或者把他剁成段，直到不流一滴血。

她舒了一口气，又接着说："就这样我这两宿都冻成狗。我借用了你的热水袋，抱在怀里，就像抱着一个毛绒玩具。"

亚历山大没太明白她到底要说什么，特别是她从来是"无事不登三宝殿"，除非是当她想开玩笑的时候。他还是等着她继续说下文。

"你知道，亲爱的，我觉得，就是……我们一生都在指出别人的缺点、错误和不足。为了一个'是'或者'不是'，吹毛求疵。"

"当然不是你！"他反驳她，十分真诚。

他仿佛看到她半眯着眼睛笑了。

"谢谢你这么说。第二个晚上，我在被窝里冻得哆嗦，脚趾都成冰块了，我想到我已经好长时间没跟你和劳伦说过我有多爱你们，我的生活因为你们变得有多棒，即便你们轮流地跟我闹脾气。"

这样的对话，在晚上九点，还是一个周六的晚上，如此意外。这让他有点担心，他突然用满是紧张的语气打断她："你好吗，嗯？你还好吗？这件烦人的事……"

她笑了起来："啊，我非常爱你，非常！当然了，我的大宝贝儿，我很好，这件烦人的事也解决了。你们这些男人啊，说点温情的话就让你们惊慌失措了。好吧，我不说了。但是，你要后悔的哦。我真的很好。而且，昨天开始，我在浴室里已经不再冻得牙齿打战了。这个可恶的罗朗啊！让我等了三天，你能想象吗？我只想跟你说你对我有多么重要。啊，糟了，我早上忘了改遗嘱了！（她在开玩笑）好了，不再煽情了！”

他放下心来，轮到他哈哈大笑了：“好的好的。那如果我跟你说你是我认识的最出色的女人呢？如果我跟你说一些我从来没说过的话呢？我真的不知道没有你我会变成什么样，卡特琳娜。自私，嗯，这是我的第一反应。但是所有的孩子都是自私的，这很正常。因为他们害怕，他们无力。我曾经很害怕。我一生真正爱的只有两个人，我母亲和你。坦率地说，我妈妈已经成为被我润色过的回忆。我很清楚这点，但是我不在乎，因为我喜欢这样。但是你不同，你是我的生命。”

回应他的是一声长长的用鼻子吸气的声音。他接着说：“好了，我们就不玩煽情了，因为你该泪流满面了。我们爱着彼此，剩下的，都是瞎扯。对了，我看了个电影——为了不让你生气，就算还行吧——是你小情人演的。”

“谁？我有很多个。当然，都是我瞎想的。”

“乔恩·邦·乔维。”

“啊，真的啊？我会跟他做很疯狂的事！哦，他的胸毛和他的破牛仔裤！还有，他有一副迷人的嗓子。我敢跟你保证我绝对不是唯一一个湿了内裤的。”

“哦！”他假装生气地喊道。

“亲爱的，你这个年纪，是到了我该教教你的时候了。这可是一个女人的欲望最经典的表现，绝对错不了。”

他们放声大笑。

安东尼说：通过这一分钟的对话，亚历山大看到了一个本质：这种时候，得非常了解女人。发泄的时候，她们通常是很复杂的，尽管她们会极力展现一种简单的画面，就是为了让我们男人放心。他不知道一个女人最会以爱的名义说谎。她们在找借口和故弄玄虚方面有惊人的天赋，因为她们撒谎是为了另一个她爱的人。

劳伦

第九分钟

2009 年底，图尔

卡特琳娜和亚历山大一起过的圣诞节前夜，这并没有妨碍他们对着生蚝、自制野生三文鱼肉酱和鹅肉酱大快朵颐，这一切还配着亚历山大带来的香槟——他们毫不犹豫地一口气喝完了。卡特琳娜布置了非常漂亮的餐桌，她铺上了只有大日子才用的带有锦缎花纹的白色桌布，长条台布上摆着红绿鲜明的冬青枝。他姨妈从年轻时起就对蜡烛情有独钟。各种小蜡烛在盛了一半清水的玻璃容器里微微摇摆，壁炉里的火苗泛着红光。

劳伦可能下周或者两周以后回来。他的表弟在印度游历，和另外一个徒步旅行的年轻人一起。他两个小时以前遇到的那个年轻人应该是个瑞士人，那个家伙在夜里偷了他的登山鞋、他的钱、他的护照，还有他的不限期的回程机票。劳伦的归期是卡特琳娜坚持的，因为他儿子的性格特点就是随性，想起一出是一出。还有，她希望他能随时回到法国。劳伦这个没脑子的，完全没有想到他那时的好伙伴会在他睡觉的时候把他洗劫一空。另外，亚历山大觉得应该有人看到这肮脏的一幕了。意料之中的，劳伦惊愕地反驳道：“嗯……但是那又怎么样呢？总之，我很洒脱，我也没对他说过什么不该说的话。而且，他也不是坏人。他应该是缺钱，你看呢？”

如此来回说。

卡特琳娜对儿子的想象力真是又气又乐。为了让他再买一张回程机票，她给他寄了一张国际汇票，并嘱咐他不要弄丢，别忘在哪里或者再次被偷，最后就是祈祷换新护照不要用太长时间。

他们在圣诞前夜聊了很多，宁静柔和的时间倒是很少。亚历山大又一次觉察到他非常喜欢劳伦在场——可以把话题引向只陈述事实上面。他可以听劳伦发泄，劳伦能无休止地杜撰很多让人不知所措的蠢话。

卡特琳娜喝完酒杯里的香槟，在回到她亲生儿子这个无止境的话题之前思索了一下："我也不知道这孩子随谁。他爸爸闯入我生活的时间不长，但他也算脚踏实地。至少我认为是这样。他结过一次婚，我跟你说过没？"

"没有。"

"他并没有把我当成情妇，这我知道。他坚持让我堕胎，我拒绝了，我想要这个孩子。于是他走了。总之，他不会离开他老婆，我也不希望他那样做。我们再开一瓶？"

"好啊！"

他感受到她想让这种温馨的时刻延长，她想说说话。她给他们两人的酒杯斟满粉色的香槟——她的最爱。

"我也并不总是顺风顺水，我有过怀疑，甚至是绝望的时候。

伊丽莎白总是在我快要不行的时候给我支持。你妈妈有一种与生俱来的能力，她本能地知道什么时候该发火、什么时候该安慰。她就像一块岩石。你注意到了没？她跟你爸爸就是这样。”

卡特琳娜经常提起她姐姐的稳重。然而，在这个圣诞前夜，他感受到她的死带给她的深深的悲伤——一种随着时间推移已被磨平棱角但永远不会消散的悲伤。他很感动；毫无疑问，她也很感动。之后她换了话题，卡特琳娜不是那种喜欢倾诉自己的创伤和伤痛的人。

“回到劳伦这儿，他这前十八年，我总是担心不要有什么灾难降临到他头上。如果我做个总结——(确实)没什么灾难。”

她给他们又续上杯。

“我认为啊，他觉得什么都无所谓，所以他也就安然无恙。”亚历山大说。

“嗯……我最后都相信是他身上有个神灵在保佑他。我可以这么跟你说，这个神灵从不打盹。”

亚历山大有点醉了，他其实是个有节制的“酒鬼”。他突然问了一个让自己吃惊的问题，如此好奇对他来说太奇怪了。他听到自己问：“你相信上帝？”

她试着岔开这个滑稽的话题：“啊，圣诞节前夜真是太美妙了。我们畅饮，然后还有这个……我也不知道该怎么说……神秘的氛围。”

“你不敢回答这个问题？”他俏皮地嘲笑她。

“不是，好吧，算是吧。不是害怕。但是信仰是个很严肃复杂的东西，而且通常随着生命的不同阶段也会变化，很难有一个准确的答案。除非你是无神论者，就是这样！即便在这种情况下,也是如此。这个话题在我是小女孩的时候就经常考虑。我能抽支烟吗？你不介意吧？”

“一点也不。你知道我很喜欢烟草的味道。”

卡特琳娜每次饱餐之后都会抽一支烟，就像有的人会喝一杯陈年的白兰地。

她慢条斯理地吞吐着烟圈，嘴角露出一丝微笑。最后，她说道：“那你呢？你信上帝吗？”

“你别想这样逃避问题，是我先问的。”他反驳。

“好吧,我不知道人们确切所指的上帝是什么样。这样说吧，我不相信有个白胡子的老头，端坐在白云之上。但是如果我们领会到一种来自上帝的巨大的、清晰的力量……”

“清晰的？什么意思？”

“你看，不是像……我有点醉了……我想想啊……不是像地震、海啸那种，那种也是一种力量，但是是一种无意识的力量……我是想说，没有结构化的方案。”

“那就是说,一个上层的生命,一种有方案、有计划的力量？”

“是的,但不是一个没条理的方案,就像‘来,我今天造青蛙、雏菊，明天造人’；是一个庞大的、包罗万象的方案，是一个我们不能领悟的方案。因为我们不够聪明，即便是我们之中最强大的也不行。一些关于宇宙的形成、物种的繁衍这类无可置否的具有科学性的显然的东西。但是，我觉得，这些跟上帝的概念没什么冲突。总的说来，在所有的宗教里，如果说神灵和科学的共存让很多人觉得不舒服，这主要是因为大家无法想象‘无止境’和‘永恒’。所以，我们就简单化，比如我们按照我们自己的方式，按照我们容易接受的方式来估算时间。”

“算是吧。小时候我就不明白为什么能看到一颗已经‘死去’的星星还在天空中闪烁，它已经消失了几千年了。”

“这是因为距离和光速的缘故。总之呢，这就是我看待事物的方式。实际上，我觉得自己不是无神论者。这很 18 世纪，我喝多了。”她最后总结道。

亚历山大重新倒上酒。血液里的酒精浓度已经到达这个水平了，多一杯少一杯也没什么影响了。

“你觉得我在胡说？”姨妈突然有点担忧地问。

“一点也没。你知道吗？我也喝多了。时不时地来点神秘论也是不错的。等等，我有点乱，我不知道我刚刚想说什么了。但是，卡特琳娜，有个东西，我感觉到它有一段时间了。”

“有个东西？”

“是的，有个东西。怎么说呢，挺尴尬的。要是我相信占星术，我会跟你说金星的T三角在木星的梅花形里，而金星在冥王星和方形的射手座的斜边上。”

“这意味着什么东西？”

“没什么意义！”他放声大笑。

“那我就放心了，因为我一点没懂。你继续。”

亚历山大努力地组织词语：“啊，该死，我不知道该怎么表达……我感觉有个东西汇集到我的生命里，就像有很多小齿轮一起开始摆动。我能感觉到这些东西的出现，但是我却像在浓雾里，也许我是在跟自己讲一些无稽之谈。”

“打开你的想象力，让它去探索。想象力是很强大的，但却往往被我们禁锢住。我们蒙住它的双眼、堵住它的嘴、把它捆绑起来，就是为了让它在自己的轨道上掀不起一点风浪。”

卡特琳娜停下来，不再说了，然后她问：“是我刚刚说了这些话？”

“是的。”

“好吧，我宣布我醉了。我得去睡了。”

“别啊，再等一会儿，”亚历山大讨价还价，“来嘛，这是圣诞节啊。你知道吗？我借着酒劲跟你承认，我在巴黎很烦。”

“我知道，亲爱的。”

她轻抚着他的头发，眯起眼睛，做了个亲吻的动作。和当初她送他上夏令营的大巴时一样的亲吻，一样的眯起眼睛。他看到她的身影渐渐消失，突然感到如此孤独，如此脆弱。但是他咬紧牙。毕竟，他是个男孩，他不会像那些女孩一样趴在车窗上，一边哭一边向他们的父母绝望地招手。

他们又谈了许多。亚历山大突然觉得，这顿晚餐跟以往不同，一点也不死板，感觉非常好。

当他们紧紧扶着扶手上楼回房间时，他觉得真是好极了。他在记忆里寻找，无果。从他成年开始，他从来没感到过这么放松，这么真实。

安东尼说：这天晚上并没有真正特别的一分钟。实际上，是太多了，亚历山大过后带着一种特别的敏锐回忆起来。这些一分钟，包含了太多的事实、欢笑、分享、反应，和在他身边久久萦绕的，确切地说是萦绕一生的爱。这些东西让我们几乎本能地知道它们是引人注目的。当我们卸去妆容、伪装和恐惧，去面对真实的自己时，这些一分钟相互交换。

我们经常说到言论自由，这在民主国家是如此宝贵。然而，我们之中有那么多人抱怨失去了言论自由，有时甚至是他们自己的独立的思想。必然地，这也是恐惧的一项胜利。怕惹人讨厌、怕不被爱、怕得罪别人、怕变得脆弱。也怕没有达到我们希望自己达到的那个高度。然后，某天，一些人发现他们在错误的大门、错误的路线和错误的标志之中迷失了自己。正是他们自己设置的错误的标志使别人找不到正确地走向那个真实的他们的路。这时候，他们可以选择。这是一个艰难的抉择，需要很多勇气。有的人继续打着幌子，给人一种不变的滑稽模仿的感觉，同时给自己盖上一个大盖子——那些大盖子是令人窒息的。有的人则展现真实的自己，但这挺可怕的，我们都同意这一点。实际上，这种情况下我们可以问自己一个非常简单的问题："在现实中我会有什么危险？"什么危险也没有，或者很少。失去一些爱我欣赏我的人，只因为我曾经让他们认识了一个虚假的、"人造"的我；反之，会赢得那些讨厌"伪造"的我的人。他们会喜欢我真实的样子。

事实上，这个问题很简单。尽管如此，第二种选择需要勇气。

于贝尔·德拉维涅

第十分钟

2010年初，星期五，巴黎

一收到他老板于贝尔·德拉维涅的邮件，亚历山大就明白这“铡刀”还是落下来了。托马斯已经被解雇了，他上个月就离开了办公室。尽管相比之下，他还有个18个月大的儿子。亚历山大在最后一天请他去马歇尔之家吃了个饭。

这两个男人从来没越过“办公室里的好同事”这个门槛，这无疑是因为亚历山大没兴趣。托马斯是个很正直的人，一般来说他不会去小心职业生涯中的尔虞我诈。不过，他们所分享的东西并不足以让他们成为朋友。在亚历山大看来，他这位前同事很无趣，也许是因为他无休止地自我审核，或者是因为他缺乏想象力。和他的对话,总是半个小时就变得很无聊。但是，托马斯是个不错的人，对他的解聘让整个公司都很吃惊。年中会计审核受经济危机影响，很不乐观，加上招聘岗位并不多，他不会很容易就找到另一份工作。

*　　*　　*

他们的饭局显得有点意外。亚历山大已经准备好这样的“台词”:“这很难，但是你很出色，你肯定能很快找到一份工作。我也相信你一定已经谈好了离开的条件。”

托马斯平时不善言谈，但这次他放开了："德拉维涅给的条件很合适。我拿到一点退职金，它能给我一点时间考虑以后的事。你说，我想也许这也不失为一件好事。我觉得这正是给我的人生做个总结、重新定向的时候。跟你说实话，我们夫妻的关系也有问题。那么，这对我来说就非常重要，尤其是我们还有孩子。我想我妻子艾洛蒂会很失望。我是说，我以为我在她眼中是不一样的——更坚强、更大胆、更有活力，我却放任自己……这工作对我和她来说都没什么意义。我知道我被开了之后就和她谈了，我觉得艾洛蒂可以说是松了一口气。我们要去干点别的事……我也不知道……也许重新思考一下我们的人生，换一条路走。总之，我 33 岁了！也许之前我迷路了，但现在是时候重新开始了。实际上，她是对的。结婚四年，我们不再是夫妻，而只是生活在一起的两个人，分享着一样的日常习惯和同一张床。这远远不够。"

他们说好要保持联系，至少开始他们会这么做的。

下午两点，亚历山大一进到于贝尔的办公室，他的心跳就开始加速。他的老板请他在他对面坐下。德拉维涅脸色很难看，下巴紧缩。他是一个高大魁梧的男人，50 多岁，头发浓密，黑白相间。他摘下眼镜放到办公桌上，一边喘着气一边轻轻按摩着鼻根。亚历山大对他知之甚少，除了他已经结婚、女儿在美国完成学业、喜欢远足。

“柯罗诺斯，你一定也在猜想，我有个坏消息要告诉你。这不好说……我们得裁员了。你一直是个很出色的员工……我也看了所有的选择，但是……协议拟好了。我希望能避免所有的冲突。这不是在你犯了职业错误的情况下，要是我尝试用这个称得上经典的方案来对待你，那是不公平的。”

他把几页纸推向亚历山大，依然不露声色，补充道：“你仔细地看一下，告诉我你对这些条件是否满意。要知道，我已经尽力了。我不能再提高条件了，这有点直接但是……”

“不会，我更喜欢这样，就应该这样简单明了。如果您用了职业错误这招，那我肯定会‘诅咒’您的。”

“这场经济危机肯定会平息的，但我不知道会在什么时候。我跟你保证，等一切重新步入正轨，我一定再联系你。我们节省点时间，你知道我家在哪儿，也知道咖啡机的位置[1]。”他试着开玩笑，缓和气氛，“如果在预先通知期[2]内你就找了别的去处，千万别犹豫，我肯定不会给你设置任何障碍。”

亚历山大回到办公室。他老板的确不错。他专心地看他那些文件，脑中还担心回家之前就剩他自己了。焦虑还是恐慌？他也不知道是哪根神经把托马斯的那句话拉了回来：“我们不再是夫妻，而只是生活在一起的两个人，分享着一样的日常习惯

1　他是想说等到危机过后，亚历山大可以直接到他家里，不用客气。

2　正式解除合同之前的一段时间，通常为三个月。

和同一张床。这远远不够。”

他没结婚，甚至这是没影的事。他想都没想，拨通了艾玛和纪尧姆的电话。那对模范夫妻！他听到艾玛的声音的时候有点惊讶，然后他想起她周五下午是不上班的。

“怎么样？还好吗？”他先说。

艾玛“骂”着说：“好极了！我正在碾碎左手的手指呢，就是拿着订壁纸的那种该死的大头圆钉的手指……孩子们不在，我可以说‘该死的’。我正翻修一个梳妆椅。”

“梳妆椅？”

“嗯……就是一把带低靠背的椅子，圆的，通常放在梳妆台前；梳妆台就是一件带镜子的家具。原来那褪了色的粉缎真是太丑了，但是换上我买的苏格兰花呢布料之后就会焕然一新啦！我已经把垫料填好了。你呢，日子过得滋润吗？”

“嗯……”

“什么？”艾玛有点担心地催问。

“我刚刚得知我被公司解雇了。”

“嗯？但是，总之……”

“所有的业务都进展缓慢……我也没有家庭负担……还是挺可怕的。职位空缺也不多，但是也没什么危害，别担心。”

“当然担心啦！明天我们等你。纪尧姆会去车站接你，就是你平时坐的那趟车。”

他本来没打算这个周末去见他们。但是艾玛这样提议的方式，如此自然，让他很感动，也让他很受鼓舞。

他挂了电话，想通知姨妈。不，她会慌神的，她可没有一个“纪尧姆”在身边支持她。

他应该考虑考虑。他那些惬意的常规都被打破了。托马斯的话在他脑海里盘旋 :“我觉得这正是给我的人生做个总结、重新定向的时候……”

亚历山大有生以来第一次感到遗憾——自己为什么不能分成两个人，去重新思考人生。

突然，传来一声女人的叹息，一声轻轻的、半张着嘴的叹息，一种从喉咙里发出的、轻柔而深沉的声音。

他抬起头，透过他办公室的玻璃隔断向走廊看去。他看到一个高高的身影，一个有一头齐齐的深褐色头发的女人。

他迅速起身，大腿狠狠地撞到了桌角。这一下让他的电脑直晃，还伴随着他的一声“妈的！真该死”。

等他冲到走廊，那个身影已经消失了。亚历山大使劲地揉着腿。他是真的弄疼自己了，应该已经有瘀青了。人倒霉的时候,真是喝口水都塞牙,他一边“咆哮”着,一边回到了座位上。

因为心情很糟，他没看到在走廊的地毯上静静地躺着一片枫叶。

晚上，等他关上办公室的顶灯，那片叶子已经飘走了。

安东尼说：毫无隐瞒地说，如果让我给我心目中最奇妙的十件东西归类，那人类的大脑会毫不犹豫地登上最高领奖台。我认识到这个“机器”有着无止境的魅力。它是那么聪慧、那么强大、那么有竞争力，它能够写出几页让人头疼的方程式，编写出美妙的乐曲和最令人震撼的诗歌，还能爱、能恨、能笑、能哭，有时还把我们推向最高的山峰。只要我在科普类报纸上看到有关人类大脑的文章，我就会买下来仔细研读。所有我读过的文章都让我感叹人脑的世界无疑是自然界最神奇的东西。然而，我们有太多人却束缚了它。我很了解我们的大脑可以远比我们想象的更聪明、更超越科学、更具有想象力。有时我会自问，当我们戏弄它、蒙蔽它、压制它的言论的时候，当我们热衷于无视它以闪光灯、信号、警报、预感等各种提示去指引我们的时候，大脑会不会被激怒。在我看来，亚历山大的大脑急得直跺脚，就快崩溃了。我们都同意，对一个大脑来说，亚历山大并不是一个最糟的拥有者。但是，他的大脑也一定是失望之极。“我求求你了，注意一下你的周围，注意一下那些传递给你的信号。看看，听听，感受感受，再感受，观察观察！”

从亚历山大10岁开始，他的大脑就一直处于一种不变的状态——恼火、烦躁。亚历山大的大脑万岁！它在等待它的解放。它何时能展开翅膀，飞得很高，很远？

托马斯

第十一分钟

2010年，巴黎

离他上次去诺曼底的那个周末已经一个月了。艾玛和纪尧姆是不是提前商量过他的到来？他们是不是一直以最好的方式去看待亚历山大被遣散的这个坏消息？他们既没有回避，也没有看轻这个话题。纪尧姆以一种亚历山大看来无懈可击的见解，总结道：

“首先，经济危机不是永久的。从我去国外出差的情况来看，我能感觉到它在法国的破坏性要比其他地方小。至少，我希望如此。其次，你很优秀，你会很快在其他地方重整旗鼓的。我跟你赌一瓶香槟，不，六瓶！总之，这种时候，我有点跑题啊，经常会因祸得福。”

“什么意思？”亚历山大问。

“如果我说的没错，无意冒犯，你并不是很热衷于这份工作，不是吗？”

“你说得对。”

“确实，我们对放弃一份工资高、待遇好的工作会有所迟疑，但也不是完全迟疑，好在你会拿到足够多的补贴。也许拿出点时间来思考一下的时刻到了。”

说了这么多，他们换了别的话题。亚历山大很感激他们，恐惧、失败的感觉消散了。

他们的小儿子维克多尿尿的时候习惯半掩着门。这个举动让亚历山大觉得很有趣，他曾经问艾玛："他是害怕吗？幽闭恐惧症？"

"不是，他个子小，他怕门关上之后因为他不够高打不开门。纪尧姆把锁安装在高处就是为了让孩子们够不着，避免被反锁在里面。"

"他像个大人一样站着尿尿。"

"是啊，从 3 岁开始，他就模仿他爸爸。我第一次想帮他的时候，他像看疯子一样看着我。他的问题不是'瞄准'，而是不能及时脱掉裤子。"她笑着说。

"你怎么看男的应该坐着尿尿这个理论呢？"

她耸耸肩，反驳：

"这难道会让男女工资平等吗？你会相信一个坐着撒尿的浑蛋不会再殴打他的老婆、孩子或者他的狗吗？他会让马桶圈感激他吗？不会的，不是吗？这取决于教育和自己的选择。只要你们把马桶圈抬上去，不弄得到处都是，你们愿意怎样就怎样。至少，在乡下你们不用像女人一样为尿尿发愁，随便一处没有荨麻、没人看见的地方就解决了，多容易啊！"

亚历山大平静地回到了巴黎，比去的时候更从容，也更坚定。对什么更坚定了？他也不太清楚。但无疑地，他对做决定更加坚定了。

2010 年，巴黎

亚历山大用一个周末的时间写了一封发自肺腑的、充满活力的候选人自荐信；他也抄了一点网上找来的，但是不多。千万不要觉得“抄袭”很足智多谋、很有趣，那是非常不可取的、脱离实际的。他手抄了五十份。一份打印的简历很受欢迎，相反地，一封动机信得吸引眼球，让人相信你想进的那个公司简直是你儿时的梦想，哪怕你也许不清楚谁是老总——没人在乎。很平常的祝福卡片也是一样，手写的比一封群发邮件更有价值，因为手写更能显示个性。他又附上了简历和他未来的前老板的尽是恭维话的评估信。五十个信封堆在他的办公桌上，只等着贴上邮票被放到邮筒里，然后被送往整个法国。可是一周过去了，他还没决定去邮局买邮票。

他一直没告诉卡特琳娜。他知道她一定会支持他，可是有什么东西在阻止他——也许是怕她担心。他想先像一个大人一样解决这件事，然后再跟她说，这无疑不是最好的办法。于是，他给姨妈打电话的次数越来越少，他害怕言多必失。

他经常想起那个圣诞前夜。从一个母亲或者父亲眼中（或者理想情况下的一对父母）的小男孩突然成了“大人们”眼中的成年人是个多么奇妙的变化。我们曾经安抚他、轻轻地摇晃他，也曾经冲他发火，为他包扎伤口和儿时的创伤。对卡特琳娜来说，他还是她的小男孩，她像父母一样爱着他。可是，对亚历山大来说，她没有变，只是现在是他来扮演“大人”的角色了。他可以陪她喝酒，听她说心里话，允许她抽支烟，让她安心。他是爱她的。一个角色颠倒的世界，却很珍贵。他十分肯定，如果今天她需要他——就像多年以来他需要她一样——他可以反过来全身心地去支持她。除了对她姐姐伊丽莎白的爱，没有什么强迫她去做这些。这就是成年人吗？比他想的要好很多。他以为成年人就是“没有梦想”和“有点讨厌”的同义词。遵守对别人许下的承诺，知道自己所作所为的情况下还真心实意地承担责任？著名电影《人类世代：现在或者永不！》让他觉得如果我们选择变得强大，那我们就不能真正地帮助别人。亚历山大自问他是不是正在从有些被耽搁但还算舒服的童年向一个男人过渡——也许不如童年舒服，但更有价值。在这点上，他觉得他跟纪尧姆很像；跟他那个风景设计师朋友热雷米，或者表弟劳伦完全不同，他们是那种让人很舒服的类型，但是一直到老都会是个青春期的大男孩。

他自问为什么我们不说说“女人的年龄”，是不是因为大部分女孩成为女人都不必经过“破蛹”这一步？是不是因为她们在童年就直接变成“成虫（昆虫的成年状态）”了？先天的，后天的，跟荷尔蒙和教育有关？他不认识几个女人，一点头绪也没有。

他的周日过得有点怪怪的。他什么也不想做却不觉得无聊。他心不在焉地看了两部电影，想了很多事情，似乎也没什么逻辑关系。他下楼去洗衣房，安顿好衣物，盯着烘干机的盖子。他看着人们进进出出，一个面孔也没有记住，也没记住什么特别的话语，除了一种——无聊。几乎所有人都为了打发无聊的时间而拨遍了手机里的号码，对话千篇一律，都是这样的："你好吗？嗯，我挺好的。我在洗衣房呢，等衣服烘干了，我就回去。"

确实，无论怎么说也没有任何客观原因能让我们在看着床单或者内裤变干的过程中激动地跺脚，除非有个"巨大的空洞"。他在某处读到过这样一段话："危机可以存在于一个良性裂变的过程中。这种良性裂变能够让一个人重建自我，甚至发生本质的变化，包括人格的变化。"用大多数人的话来说，就是："裂变严重的情况下，要么在'废墟'之中站着不动，要么卷起袖子重建。"看着内裤在滚筒里打转应该不是这种情况。

当手机在口袋里振动的时候，他差点笑出来。一看号码，是卡特琳娜。洗衣机和烘干机的嘈杂声，重复乏味的背景音乐，还有一个梳着饰珠小辫的年轻女孩为了盖住这些噪声对着电话发出的大声叫嚷，所有这些混在一起让亚历山大决定先不接电话。因为即使开着扬声器，他也不能让姨妈听清他说什么，他想回去再给她回电话。

他认真地把衣服收好，洗了个澡。他热了一大份前一天晚上在熟食店买的红酒洋葱烧牛肉配蒸土豆。之后，他开始上网。八点半的时候，他想给卡特琳娜回电话，这时候手机响了。他不认识这个号码，但还是接了，是托马斯。他突然有点怪自己，自从他这个老同事离开西部信托之后，他从来没想过要给他打个电话。他本来是要听听好消息——比如托马斯找到了新的出路——实则恶浪汹涌。事实上，“汹涌”这个词也许并不合适。托马斯迷迷糊糊的独白说明他不是“空腹”，亚历山大错误地把这归咎于已经被托马斯喝完的那瓶威士忌。

“我真的是不知所措了。我觉得自己沉沦了……艾洛蒂离开了我，她还带走了我们的儿子。这样也好。大夫给我开了强效的抗抑郁药，还有安眠药，我有过自杀的冲动……其实什么也不如几瓶梅多克来得快。”

这才是症结所在。

“你不是说你老婆知道你被遣散的事反而松了口气吗？另外，他们也把我解雇了。”

“我知道了。是，她以为这是一次一切从头再来的机会，但是……”

托马斯严重的消沉说明生活、别人的忧愁影响到他了吗？显然地，他并不在乎亚历山大被解雇的事；另一方面，他也许

有自我主义倾向。亚历山大对他了解也不是很多，也不怪他。于是他鼓励他。

“但是？”

“我没啥想法，除了会计我什么也不会做。我寄出去百十来封自荐信，却只收到五个回复，还是负面的。我给你打电话是因为今天早上我收到一条信息——艾洛蒂请了律师……为了离婚。我以为她会回来。可是，我……反正，我一点也不想动了。”

亚历山大想，他妻子离开他，就是因为他停滞不前；也许还得加上他们夫妻关系已经不稳定了这个条件。

对话持续了一个多小时，反反复复就是托马斯、托马斯。亚历山大从一开始就在想为什么他这位老同事偏偏给他打电话，到最后他明白了是因为他的独白已经让他的朋友们厌烦，他自己也知道这一点。朋友们开始都是支持他的，每个人都给他的转行提过建议。

后来，有些“邪恶的小东西”钻了进来。亚历山大感觉到，托马斯或多或少地、下意识地想得到精神和道德上的支持——关于他的发展这个话题。实际上，从一开始，一切都是艾洛蒂的错——她过于苛刻，野心太大，不够理解他，她逼他做出反应。可是如果他不愿意呢？如果他觉得自己不行呢？我们觉得自己爱一个人的时候，是为了自己而爱他的，不是吗？

除非我们还不知道他到底是什么样，除非他一直把真实的

自己藏在迷惑人的信号、虚假的大门之后。亚历山大这样纠正自己。他觉得很不舒服，对托马斯实实在在的同情产生了裂痕。

一个跟他以往的反应不同的、傻傻的想法出现在亚历山大的脑海里——这里根本没有“废墟”，那些残砖剩瓦只存在于托马斯的思想里。托马斯的思想投射出了他生命里的阴森的“废墟”的画面，那画面如此真实，最后，他相信了。更糟的是，从某些方面来说，这更让他安心。面对“废墟”他能做什么呢？什么都不能做。于是，把脑袋埋进沙子里就行了，不是吗？至于他的妻子，要么她是那种没心肝的坏女人——这种女人确实是有的，而且通常是无法改变的；或者更有可能是另一种情况，那就是对婚姻的不满磨平了她的耐性。解雇和消沉只不过是压弯骆驼的最后一根稻草。

亚历山大不能为托马斯做什么，他始终留在那个给他电话的承诺的虚无里。问题在托马斯身上，而不在外界。这并不是对他“一锤定性”更不是对他的“审判”。托马斯还年轻，这是一张无可置疑的王牌；他甚至有老婆和孩子，却在遇见第一处障碍的时候就崩溃了。托马斯不久前在饭桌上还信誓旦旦地说：“我觉得这正是给我的人生做个总结、重新定向的时候。跟你说实话，我们夫妻的关系也有问题……我想我妻子艾洛蒂会很失望……我在她眼中是不一样的。”

托马斯明明有过这种理智的思考，他拿到的补贴也可以给

他时间去考虑，但是它们起到什么作用了？一点作用也没有。他当时很真诚，亚历山大可以做证。可是后来，害怕、对以前舒适的回味，也许还有点怯懦，把一切都一扫而光了。

等到亚历山大挂了电话想给他姨妈打电话时，他直接进到了她的留言箱，于是他给她留言说第二天早上再打给她。她肯定是早早地上床休息了。

亚历山大很困惑，他一边脱衣服一边想，他不怪托马斯，因为托马斯刚刚送了一份珍贵的礼物给他。他不想像他一样，放任自流，走同样的下坡路。可是，他还是希望他以后能够更好。

安东尼说：这一分钟，持续了一小时。这是亚历山大第一次感受到平静和重要性的一分钟。他同情托马斯，带着点伤感，却又似乎很遥远。他希望他能下定决心克服困难，早点走出困境。至于艾洛蒂，他只在勃艮第那个无聊的周末见过她一次，他不想妄加评论。

从这次对话中，或者更确切地说，从这次独白中，他得到了更重要的东西。亚历山大不否认灾难会带来真的抑郁，这涉及一种真实的疾病。对“病人”来说它就是个毁灭者；同时，他们身边的人也很难承受，尤其是无法找到生病缘由的时候。反过来，他想，他也并不确定托马斯在遭受这个重大的打击后有没有给他的反应找个对应的医学名词。我们都受过打击，除了被解雇这个当头一棒，托马斯是否还遭受了其他粗暴的打击，以至于他如此希望去忽视这一切？他那些模棱两可的选择、他对自己的妥协、他自暴自弃的态度，这一切都使他妻子不幸福，他也不幸福。但是只要一切还过得去，为什么要改变呢？托马斯无力改变。另一方面，他也不是受害者，艾洛蒂比他受伤更深。或者说，他成为自己的导向错误的受害者。我们每个人都干过这种事，还很多；人都是会犯错的，然后呢？我不相信“人猿泰山”和“马克·季维”式的人能用他们的多功能小刀解决所有的问题。我们总会遇到各种各样的问题，也会遇到比其他情况更严重或者说更伤人的客观形势——有些更是错综复杂。托马斯遇到的并不在很阴暗的情况之列。其实，一个简单的解决办法就在——或者曾经就在——他手边。

天才的人类用几个字总结，就是：某天站起身，向前走。继续走，继续走，一直向前走。根据打击、伤口和疼痛的程度量力而行，或快或慢，或简单或复杂。这也需要自我分析，“知错能改，善莫大焉”[1]。

1　孔子，公元前551—公元前479年。

卡特琳娜

第十二分钟

2010年，第二天早上，巴黎

亚历山大给手机设定的是一个老式电话的铃声，能把所有人吓一跳那种。大约有一个星期，他想换掉这个铃声，但总是拖延。

于是，当这刺耳的“丁零零，丁零零”声在早晨六点响起时，他差点把手机扔出去。

电话那头先是沉默，他以为电话已经被挂断了——他“喂喂”了好几声都没有回应，然后传来了男人的抽泣声。

“托马斯？”

“我是你兄弟劳伦。妈妈去世了。”

“嗯？什么？你说什么傻话呢？”

劳伦哽咽着，说不出话。亚历山大慌了神。

“劳伦……可是，妈的！……到底怎么了？姨妈去世了？”

“我本来要早点走……她跟我说……她会下楼……跟我喝杯咖啡……我都要走了，她也没下来……我觉得奇怪……于是我想上楼……亲她一下。哦，我的天哪！我不敢相信，这不可能……就是个噩梦！她的眼睛大大地睁着……她的身体几乎冰凉了……”

大颗大颗的、悲伤的眼泪顺着亚历山大的脸颊滚了下来。

他几乎无法呼吸，只能张着嘴喘气。终于，他试图说些什么：“我不……她不可能就这么死去……她年纪也不大，没生什么病……”

劳伦抽泣得更厉害了。他停了一会儿说：“负责死亡证明的……医生……刚走。昨晚我回家的时候……她头疼得厉害……她吃了片阿司匹林……就去睡了……动脉瘤破裂……这是最大的……可能性了。要想确定……需要解剖……但不是必须的。我说我先跟你商量一下……”

“不，不！如果不是必须的，谁也别想在卡特琳娜身上动刀子……谁都不行！”亚历山大激动地脱口而出。

“我同意。”

“我，我收拾一下……我坐第一班火车，我在回去的路上给公司打电话。”

“好的……快点回来吧……因为现在……我……太可怕了……”

2010 年，一段从巴黎到图尔的痛苦的旅程，从他到他之间的旅程

他像个木偶人一样进了车厢。毫无疑问地，他哭了，他心不在焉。坐在他对面的一位上了年纪的女士犹豫了一会儿之后，

用带着怜悯的口气问他："有什么不好的事情吗？"

他看向她，但也没有真正地看到她。他用手使劲地抹去脸上的泪水，结结巴巴地说："不好，什么都不好。我姨妈……我姨妈刚刚去世了。"

"哦，真是抱歉，年轻人。抱歉，实在是抱歉。"

几滴眼泪从她眼中滑落，向一个她并不认识的女人表示敬意。

亚历山大不停地埋怨、咒骂自己。他没有接到姨妈的最后一个电话，他回电话回晚了，笨蛋！当然，那什么也改变不了，但他至少能跟她说最后一次话。就在他接到托马斯电话的时候，他错过了这最后一次通话，也就是一分钟的事情。他本该有感觉的，他应该意识到的。他曾经用一个编造的借口骗苏菲，说他姨妈身体不太好，他这么做只是为了不让那个年轻的女人跟他一起过周末。这也许就是一种预感，一个先兆。他本该在这些事情上多留心一点——卡特琳娜的疲惫、所谓的贫血，卡特琳娜还拿她的遗嘱开过玩笑。他就这么错过了这些征兆。

一种无尽的深深的绝望吞没了他，比在他妈妈快要离世而大人们把他拉到远处那时候还要绝望。再加上，现在的他已经没有了童年的那种合乎情理的私心。从某种意义上来说，伊丽莎白的死带给他的巨大的悲伤被那时他的那种小男孩的恐惧淡化了一些。出于一种生存的本能，他最先问自己的是"我会变成什么样”，而不是担心“我再也见不到她了”。

他想到《月光情圣》这部电影。

一个有点迷信的、傻傻的问题在他脑海里闪现——如果这部电影也是一个他没能破译的先兆呢？他又想起纪尧姆总结他和艾玛相遇的那句话："要是把所有巧合列个单子，就会觉得好奇妙——此时，此地，我们两个人。"

那他的巧合就是得在那个特定的时间打开电视，并且不停地换台，然后看到这部电影。而他看这部电影只是因为卡特琳娜曾经疯狂地迷恋着那个让人眩晕的摇滚歌手。

如果命运，或者其他任何东西，曾经想提示他呢？他讨厌自己的糊涂。

坐在他对面的女士向他投来仁慈、担忧的目光。她无疑也有孩子，她明白失去我们爱着的母亲意味着什么。她很识趣，没有试着跟他交谈。因为不知道该以什么态度面对亚历山大，于是她从包里拿出一本书。可能是因为喜欢爱情小说，又怕被人当成傻瓜（为什么呢？有什么比爱情更美好的呢？有什么比过了六十岁还相信爱情更美好的呢？），她给书包上了一层书皮以遮挡书名。她在亚历山大呆滞的目光中打开了小说，塑料的书皮上铺满了小小的红棕色的枫叶。

安东尼说：那些都是先兆吗？谁知道呢。我想是的，但无

从考证。但是当然了，什么也改变不了。卡特琳娜还是会去世。不过，亚历山大刚刚通过一种最坏的方式了解到，也明白了某些分钟的巨大的重要性。他受伤很深，体无完肤。此时他不知道这可怕的一分钟——他听到姨妈死讯的那一刻，还有让他极其悔恨的一分钟——他没有给她回电话那一刻，都会渐渐模糊。剩下的只是那些他们在圣诞和其他时候一起度过的美好的、奇妙的、好笑的、让人爱恋的时光。这些一分钟一起编织着他将要成为的样子。当他情绪极其低落的时候，这些一分钟就会变成他的救生圈，非常有效的救生圈；当他无法入睡，这些一分钟可以让他平静下来，赶走那些阴暗的想法。

有一件事情是真的很遗憾。在四千二百万分钟之中，我们的一分钟实际上只是分钟海洋里的一滴水。这就是为什么不要错过它们的原因，而有些一分钟永远不会出现。其实，我们就是我们自己的一分钟。仔细想一下，人的一生如此漫长而充实，却只是由那几百或是几千个一分钟组成，这简直太疯狂了。这又一次加大了它们的特殊价值。我们的仇恨、悲伤、怯懦、害怕，或者反过来，我们的伟大、慷慨、力量和爱都扎根其中。正是它滋养了我们的生命之树——一棵生长不良的、干枯的小东西，或者一棵茂盛的、在暴风雨来临时能成为小动物们的避风港的橡树。橡树很壮美，几个世纪都生长在土地里；橡木是最结实、最高贵的木料之一。它确实长得不快，跟我们一样，但这种缓慢也是有好处的。同样地，树木在不合适的土壤里会变得孱弱。为了让它耸入云霄、舒展枝叶、树干慢慢变粗，需要改良土壤、好好灌溉施肥。几乎没有什么东西在人的一生中是具有真正的决定性的，我们那些美妙的一分钟，决定性的相遇，还有我们的忠实，都是给予——或者即将成为——我们的生命之树的养料。

这是亚历山大第一次意识到一分钟的重大价值。

决定

第十三分钟

第二天和接下来的几天，2010 年，图尔

亚历山大对接下来的日子的回忆应该是痛苦和混乱的。他要照应所有的事情，而劳伦只会在昏迷和清醒之间号啕大哭。他这个表弟还年轻，还是一个妈妈怀里的小男孩，亚历山大知道这时候他的脑袋里就像是一片荒凉的沙漠。丧葬服务公司的人表现得不错，出于职业本能，他们知道要陪伴迷茫、昏昏沉沉的死者家属几个小时。劳伦回忆说他母亲，他们的母亲，希望死后被火化，然后把骨灰撒到卢瓦尔河里。但他又不确定，亚历山大证实了卡特琳娜更喜欢自由——像脱离肉体遗骸的轻微粒子，重新飞向自然母亲的怀抱。没有任何其他的想法在这个话题上阻止他。死亡就是死亡，之后剩下的就是对这个爱着的人的回忆，以及某种很温柔的、一点也不让人担心的东西的持久地存在——这些他都已经在他亲生母亲去世的时候经历过了。他分别听到过她的声音两次：一次是在学校的操场，一次是在游泳池；一声“亲爱的”。他一点也没害怕，她想要让他安心，他在心里最深处感觉到了她。他转过头去，确信伊丽莎白就在他身边，虽然什么也没有。他听到她的声音了，他很确定这一点。

这天晚上喝了两杯威士忌之后，他在几乎晕厥的状态下睡在了他少年时期的房间里。一年前卡特琳娜曾经说过的那句让他担心的话在他脑中回响："我很爱你，很爱很爱！我只想告诉你你对我来说多么重要。呀，糟了，我今天早晨没有修改我的遗嘱！好了，不再煽情了！"

这是一个令人宽慰的谎言，他也是第二天早上从卡特琳娜的公证员柯尔贝尔先生那里发现的。他姨妈在那次电话前不久改了遗嘱。当然，他永远也不会告诉劳伦这件事。她感觉到大限将至了吗？她怎么能这么改？除了捐给一个动物保护协会一小部分，她两个儿子平分了她的财产，那是相当多的一笔钱。遗嘱里写明，想要保留房子的一方支付房子价值的一半给另一方；如果出让房子的一方想时常回来看看，那保留房子的一方就支付房子价值的三分之一。劳伦决定留下房子，他明确地说："但是你随时可以回来，这是我们的房子，是我们一起长大的地方。"

"不，我们一起守护它。我不想卖掉我的那一半。你说得对，这里有我们和卡特琳娜的生活。我是说……钱已经绰绰有余，而我们两个一起守护这座房子更重要。但是，你要小心别一把火给它烧了，或者让一个才认识一小时的小伙伴搬空它。你要小心些。"

"知道了，我会小心的。妈妈已经不在了，不能再花大价钱替我收拾烂摊子。我做了那么多让她烦心的蠢事！我真恨我自己。”

“别这样，永远不要恨自己。她那么爱你，她更多的是觉得好笑，不过有时候也是苦笑。”

两个表兄弟在公证员面前强忍着泪水。公证员是一个胖乎乎的老头，他从心底为这种亲如手足的爱感到高兴。他日复一日看到的都是刻薄、嫉妒、愤怒的继承人们为了一台浓缩咖啡机或者一个火锅炉而准备好去扼住对方的脖子。

亚历山大在一种胡思乱想的状态下处理好一切。表兄弟俩选了卢瓦尔河河畔最漂亮的一处。他们买了一大束百合，用淡紫色的饰带装饰，这是卡特琳娜最喜欢的一种颜色。浓重的、很女人的花香跟了他们一路。劳伦坐在副驾驶座位上，把他母亲的骨灰盒紧紧抱在胸前，就像抱着一个毛绒玩具。他们双手紧握，一起把骨灰撒入河中，然后把那束百合也投入其中。他们久久地凝视着百合花束——它就像淡绿色的水面上的一个洁白的斑点——直到它消失不见。

亚历山大自言自语地说："她安息了，她也会永远跟我们在一起的。”

劳伦吸了吸鼻子，回应说："我希望她会在这里，但我不知道是以怎样的方式。”

“她会有办法的，我了解她，她永远也不会抛下我们。如果在那边有人……或者什么东西想要阻拦她，我觉得，它就是在找不痛快。她永远也不会屈服的。”

“你相信有别的……东西？在别的地方？”

亚历山大斟酌之后说：“我也不太清楚。我只知道我妈妈死后，有两次我听到了她的声音。绝对不是幻听，这点我是绝对肯定的。无论别人说什么，我不在乎，我就是听到她的声音了。”

2010 年，巴黎

回到首都之后，亚历山大那种胡思乱想的状态更加严重了。他变了，他开始闭门幽居。他只接劳伦的电话，不理会别人的来电，也不回邮件。托马斯和那些他留言箱里的自私的抱怨让他很恼火。只有一种东西是决定性的、不可改变的，那就是死亡；其他的事情都可以在不同的情势下，以一种或多或少的、自然的、有效的方式来改善、修正、修复。那三个他以前经常见的还不错的年轻女孩也不再让他感到快乐。每当听到楼下的关门声，他就会嘲笑他的浑蛋邻居。

他利用了即将成为他前老板的于贝尔·德拉维涅给出的大方条件。亚历山大发了一封邮件给他，说自己找到了一份新工作，但有试用期。于是就像德拉维涅许诺的那样，他离开了西部信托公司。但是在预先通知期结束之前，他还要在合理的范围内处理一些公司的文件。

一个“新纪元”开始了。他把自己蜷缩成一团，这无疑是他的服丧期。可是，他都不知道这是什么意思，意味着什么。其他东西也是，比如是否卡特琳娜的死成了一种他不能确定，甚至都没有瞥见的突然转变的催化剂。他有种预感，他在等一件事，等那些一起摆动的小齿轮带来的结果，这也是他和卡特琳娜在那个温婉有趣的圣诞前夜提过的。他在自己的世界里、在他的小公寓里游荡。他不再剧烈地呼吸，在图尔那几天已经让他受不了了。他感觉只有自己，脑袋里一片空白，一切突然回到了原点。他突然有种强烈的愿望，他希望埃莉斯还在。那样他就可以下楼去她家，靠着她哭泣。而她会给他沏一杯茶，配上几块柠檬味的油酥饼干，她做的油酥饼干非常好吃。

接下来的日子他似乎并不在那里，但是也没有去别的地方。他觉得自己就像飘浮在生活里。他的那些日子、那些时间去哪儿了？他也不知道。他不再去取信件，只在大清早或者大晚上出去买点吃的，就是为了不碰到邻居。

一天晚上，他提了一份古斯古斯、一份西班牙海鲜饭、一份辣烧牛舌回来。他从信箱里取出一叠银行账户清单、一些发票和各种各样的广告彩页。这一堆东西里只有一封信，是那对租给他房子的老夫妇寄给他的。他们通知他，他们要把房子卖掉。埃莉斯曾经跟他说过他们早就在房东大会上提过要卖掉房子。亚历山大并不一定要退房，因为法律有明文规定，租户有优先购房的权利。他用一分钟就做了决定，是的，他要用卡特琳娜姨妈留给他的遗产把房子买下来，然后离开，去别的地方。

他不害怕，不再害怕；他是卡特琳娜养大的，他不可能害怕。

买下现在租住的房子的决定就是一时头脑发热。做了这个决定之后不久，一个有点傻却很美好的念头出现他心里——守护天使真的存在吗？在人类之上，有没有一种类似守护神的东西？如果有，那是否我们每个人都有一个守护神？他觉得这个想法很有趣，也被其深深吸引，他希望卡特琳娜能成为他的守护神……除非她已经是劳伦的守护神了，一个劳伦就够她忙的了！

安东尼说：其实，这并不是真正的"第十三分钟"，当然亚历山大也不是一时头脑发热。实际上，关于"冲动"和"自发行为"的话题，能说的有很多。有时它们推动我们在很短的时间内做出决定，不去全面地掂量问题——至少大家是这么认为的。但是我不这么认为。尽管"头脑发热"这种行为看起来不是很合理，之后我们却常常能获得巨大的成功，于是这让我们联想到"运气"（或者是因为我们是全人类中最聪明的那些，肯定是这样）。

我还想到另一种解释。这就得再回到我们的大脑，它一直静静地躲在角落里等着我们注意到它，等着我们不再限制它的言论，给它自由。我认为，正是我们的压抑、我们的恐惧和我们对自己的轻视束缚了我们自己，折断了我们的翅膀，阻碍我们前行。尽管如此，我们的大脑还是默默地工作着。它在等一个合适的时机举起手，要求话语权。如果我们真的拒绝了它的要求，那它就会继续潜伏起来，寻找一个危机或者困境、紧张、难以忍受，又或者巨大的悲伤等这些情况，从缝隙里溜出来。也可能是相反的情况，比如在很幸福的时候，它也可能会从缺口逃走。于是我们就会有种“头上亮起了一盏灯”的感觉，我们还可能会大叫“有了”。一个特殊的一分钟的结果能激励我们吗？实际上，被我们认为是自发的发现或者自发的决定（甚至是一个天才的行为）都不过是我们的大脑几乎无意识的漫长的工作的结果——有时是几个月，甚至是几年。我当然会排除那种愚蠢的行为，比如：“道路结了薄冰，我开车全速前进，然后把刹车踩到底”或者“我刚刚饱餐一顿皇家酸菜炖肉和焙烤阿拉斯加，还喝了不少酒，来吧，我要跳进冰冷的湖水里”。这些想法说明我们的大脑处于一种很不正常的状态。

我遇到过丢了工作的人、遭受情感创伤的人或者得了重病的人，他们就像在沙漠里穿行。我想到了比如癌症或者艾滋病患者，或者那个和我关系亲密但不幸得了多发性硬化的女性朋友。我不能说我根据这几十人就得出了一份统计数据。可是，我真的被他们之中许多人的“突然决定”所打动。我从中看到了他们生活的根本改变——职业的改变、夫妻关系的改变，等等——即便他们是无意识的。我还相信一份地下工作，或是非法工作更能对人们造成潜移默化的影响，把痛苦慢慢注入他们体内。还有另一种更阴暗的、更巨大的恐惧——时间过去了，但是留下的可能比受伤的人们看到的更多。

冲动的性格在我们的世界很不被看好，至少在成人的眼中是这样。人们更喜欢有计划的人，他们心中总是有“*B* 计划”，甚至“*C* 计划”“*D* 计划”。他们更能让人放心，因为他们知道要去哪里、清楚自己的目的地，通常还知道通往目的地的路该怎么走。不过，我觉得我们对于冲动性格的轻视是在减少的。注意，我说的可不是不按照“风向”和“船长”的年龄来蛮干。即便如此，还是有一些“有计划的人”拼尽全力地去实现他们的“*A* 计划”。他们无视那些劝阻他们继续的信号，也不在乎那些促使他们改变计划的信号。可是数据是在不停发展的，他们自己也已经发生改变——简单点说，就是“风向”也已经改变了——于是，他们就成了自己计划的空想家。“我有道理就是因为我有道理。就是这样，因为我决定了。”另一群有计划者精心策划了他们的“*A* 计划”的每个细节，然后是“*B* 计划”“*C* 计划”；到最后，这几个计划不相上下，于是他们又陷入艰难的抉择中。

当然了，我们每个人都认识几个喜欢蛮干的人。他们用最不负责任的方式得到了负面的结果，有时甚至让他们自己和他们身边亲近的人都陷入困境。但是，不要因此就完全否定我们做出的冲动的决定。先试着客观地确定这些决定是否只是我们潜意识中那未曾揭开面纱的冰山一角。

请允许我给你们讲个小故事。我上学时曾经有个很喜欢艺术的玩伴。那个时候，我们都是兜里空空如也，靠着奖学金和打黑工勉强度日。有一次刚到月中15号，我们就只剩下200法郎（合30欧元）供我们撑到月底。去逛跳蚤市场的时候，我这个朋友看到一幅油画，画的是秋天的森林。他立刻就爱上了这幅画，于是他从一个年轻人手里买下了这幅画。显然地，那个年轻人肯定像我“精通”飞蝇钓[1]一样“精通”绘画艺术。我朋友进行了一番艰苦的研究（那时候，互联网跟现在可没法比），发现油画的作者莱昂·里歇（1847—1907）是个小有名气的法国画家。跟很多现代艺术家一样，这位画家也被湮没在印象派画家的潮水里。这幅画如今升值到了12000欧元，虽然它不能跟莫奈、雷诺阿、毕加索的画相比，但也是一笔非常合

1 又称为西式毛钩钓，是一项源于英国的户外休闲运动，在欧美间已流行五百多年。其最大特色就是钓鱼的人必须在10点钟到2点钟方向范围内，以自身为轴心，在头顶上画个椭圆形，让钓线逆转，再将钓线用力地往顺流方向抛去。学习这种花式钓法控制力道的方式并不容易。

算的买卖。他为了这个“头脑一热”支付了大约50欧元，为此吃了一个月的意粉和米饭，但他应该还是很开心的。不过，我不相信他的这一行为是因为无法抗拒“一时冲动”。他的大脑早就知道他会对一幅好的作品做出反应，加之（尤其是）是一幅他很喜欢的作品。他并没有把这幅画卖掉，他把这当成是一种暗示。他一边在极好的“A计划”、极好的“B计划”和极好的“C计划”之间犹豫，一边欣赏着他的油画。他决定让他的大脑来做决定——在众多的计划里，我选“B计划”。他认定他的大脑并没有被他的“如果”“是，可是”误导，考虑得还是更周全。在主人吃饭时、睡觉时、泡妞时、处理日常事务时、看电影时、读书时等等，他的大脑都在思考这个问题。

千万别认为我是在灌输一种不良的人格分裂——一边是我，一边是我的大脑。我们是一个复杂的相互作用的整体，尽管有些事情科学还不能解释。我们忘记了很多东西——包括最好的也包括最坏的，即便如此，我们的神经元还是从一开始就存储了很多的感情、知识、感受、欲望、回忆。这只要听听那些上了年纪的老人的话就知道了。到了七八十岁的时候，许多他们已经忘记了的东西又会在记忆里重现，比如幼儿园的小伙伴的容貌、名字，甚至嗜好。还有一些不常见的情况，得了心脑血管疾病的病人忘记了他们现在每天使用的语言而流利地说起了另一种他们五六十年前说过的语言[1]。这就是所有的东西都刻在我们的神经元回路里的最好证明。

我上边提到“包括最好的也包括最坏的”，这正是大脑的问题的所在，它想要自己上演一部灾难片。真是感谢边缘系统啊！

亚历山大没有逃过这个规则。这就需要他找到另一种方法把这“最坏的”推到一个小角落里。它永远也不会被抹掉，之后它可以通过我们生存的本能、在我们的易感性里汲取营养。一旦“最坏的”到了带气窗的小安全住所，“最好的”就能在生命里充分发展了。

1　这种情况说明了我们所掌握的所有语言并没有存储在大脑的同一个区域。

美国

第十四分钟

2010年底，巴黎

亚历山大很高兴成为巴黎十区这套公寓的业主，并且他决定三个月后离开。他不知道他要干什么、去哪儿、去多久，他只是不想把房子出租。

他从姨妈卡特琳娜那里继承的遗产所剩不多了。无论如何，他也不想把他那一半房子的产权卖给劳伦，劳伦对这个也不在乎。跟他表弟不同，亚历山大会给金钱定义一定的价值——有点钱还是很有用的，这会给人一定的自由，尤其是在自由对我们说“不”的时候。可是，当金钱快要被用尽的时候，它就会变得贪得无厌、变得没理由的贪婪，它会在我们不知情的情况给自己设下“再多一点”的陷阱。亚历山大在研究一些他以前的客户时，就对这种危险免疫了。尽管他们有的人已经拿到一笔可观的个人遗产——不是巨额但也绝对能够让他们衣食无忧享受人生——他还是看出他们对金钱有一种狂热的迷恋。他先是觉得这些贪婪的人们的梦想就是坐在钱堆上——但事实上，他们大部分人并不满意。亚历山大很快就找到了他们总是希望有更多钱的主要原因——恐惧。

这些人总想要丰富他们的世界、想要安全感，以治愈他们的恐惧。但是金钱又布下了除了恐惧以外的另一个陷阱，另一种恐惧：比如钱都消失了，比如当我们忘记如何保持收支平衡的时候，却变成了穷光蛋，比如害怕发现自己比想象的更脆弱。金钱是恐惧的绝佳搭档，它们结成坚固的同盟；暗地里，处于劣势的一方却背叛另一方——恐惧占上风的时候，金钱就像是它的解毒剂。这个循环可以变得如地狱般残酷。

亚历山大相信，即使口袋空空，我们也可以设法走出困境。这就需要心理上足够强大，或者，天生就像劳伦一样是个心地善良的“小精灵”，从出生那天就起被幸运环绕。

无论如何，对亚历山大来说，能在灾难过后有个庇护所，在不算解雇补偿金的情况下还能有足够的钱生活几个月，就是等同于“自由”了，一种说“不”的自由——跟让他不满的生活说“不”，跟再不及时转向就要成为巨大的负担的生活说“不”。是的，他不可能靠自己做到这一点，卡特琳娜给了他完全的自由，支持他的选择，让他尽可能地远离险境。就算他想成为训蚤师或者演员，儿童医生或者糕点师，她都会以同样的爱和同样的热情去支持他，但是亚历山大选择了“不选择简单模式”（什么？就是选了一所离家最近的学校吗？）。不随波逐流地选择最简单的模式的问题就在于最后很少有人得到满足感。人类本来就不满于自己，比如考试成功之后或者克服一个障碍之后。这并不是说某人考虑穿着短裤和橡皮脚掌登上安纳布尔纳峰[1]。其实完成一个简单平常的挑战就是一次胜利，就像这句经典的“我能行，我去做”。亚历山大有严重的“拖延症”,“我去做”到他这里就完全变成了“某一天，我会去做的”，他总是把事情往后拖。这可能是因为他害怕面对自己——真实的自己。

这天晚上，他决定他要去做，他要离开，就是现在。他出发了。不用非要去印度的某座古老的寺庙，或者西藏的某座喇嘛寺，或者沙漠之中的某座荒废的寺庙，睿智是无处不在的，它有时候会栖身在一些不可能的生物上，比如汽车。他从来没有怀疑过他可以在法国找到给人生重心定向的先兆，为什么不在巴黎十区呢？他本来只需要看看、听听、放开思想。有时候，他害怕习惯会让他变得盲目轻率。当我们习惯于某个环境时，就会变成“自动驾驶”模式：“观察”变得很难，我们看到了，但大部分时候是用眼角扫一眼；我们也不再“听”了，经常堵着耳朵;我们也不再放开思想，因为我们觉得自己什么都懂了、什么都是相似的。而环境的改变会迫使人们重新激活观察周围的意识，感官会变得敏锐。打破常规意味着开放思想，除非你喝着鸡尾酒，慵懒地待在某四星酒店的游泳池旁。

他要改变一下环境,但是去哪儿呢？世界上所有的国家——

1　位于喜马拉雅山脉中段尼泊尔境内，海拔8091米，是世界第十高峰。安纳布尔纳是梵语音译，意思是“食物充足”，即丰收的意思。

至少是他知道的那些——在他脑中闪现。去澳大利亚找他的老朋友弗雷德里克吗？他们一直通过脸书定期联系。他会为了帮助亚历山大而变身成一位“兄长”（比“拐杖”更文雅）。他对这个国家已经很熟悉，他会尽力给这位新来的扫除障碍。不过，有一点亚历山大是肯定的，他这次的旅行是要找回自己。亚洲让他很向往，可是对他来说有点太广袤了。他不想成为背包客，他想做一个倾听者、一个观察者。美国呢？尽管他的英文很一般，但也是他学的第一门外语。毫无疑问地，这就像骑自行车一样，我们永远也忘不了，而且很快就能重拾。是的，可是去美国哪里呢？纽约，就他所知道的而言，节奏太快；波士顿，消费太高；旧金山，去顶尖的科技和影响力之中找寻自己吗？不，在这个混合着名副其实的教育和时尚思想的城市他一定会迷失自己的。还有这些城市的规模、人口聚集的程度比巴黎还让人眩晕。由于人口过于聚集，反而造成了一个相反的结果——孤独。

有个他以为完全忘记了的回忆突然在他脑中闪现——这个女孩跟他在同一所管理学校上学，比他小一届，人不错。她叫什么名字来着？他跟她并不是很熟，但是他受邀参加了她去美国的送别会。她嫁给了一个美国人，然后跟着新郎去了他家族所在的城市波特兰。她有着金色的卷发和一双猫眼[1]。她是个

1 一种由染色体异常引起的眼部疾病，非常罕见。

很漂亮的女孩，也很聪明。可她的名字是？名字结尾是“ie”，弗吉尼（Virginie），梅拉尼（Mélanie），还是瓦莱丽（Valérie）？

他决定顺其自然，在网上查查看。等待他的是个很有趣的小惊喜——美国有两个波特兰，俄勒冈州的波特兰和缅因州的波特兰。它们分别在这个国家的东西两端。一开始，亚历山大想通过投硬币来决定——也许太草率了？——之后的一个小时他开始在网上搜索。

俄勒冈州的波特兰：

优点：多亏了抵制野蛮的城市化的法律，这座城市似乎被保护得很好。气候很适合他——冬季也不冷。

缺点：人口估计有 60 万，这比图尔——法国的图尔地区多多了。

缅因州的波特兰：

优点：按照美国人的评论，虽然这座城市被摧毁过两次，但它依然是一座古老的城市。这座城市很“欧洲”，维基百科上说有百分之五的居民讲法语，他不至于走丢。文化活动很丰富。大约有 7 万人口，加上周边的市镇，一共 23 万人。这个波特兰没有超出图尔很多。

缺点：冬天很冷。

他童年和青少年时受过的惊吓让他更加确信史蒂芬·金就出生在缅因州的波特兰。他做出了选择。

他关了电脑之后，艾米·怀恩豪斯的《Rehab》在他脑中萦绕。他很喜欢她的声音和她的打扮，在复古和另类之间。她的粉丝们也没有在意这首歌的歌词似乎预示着什么[1]——“And I said no, no, no（并且我说‘不不不’）”。

亚历山大也想说“不不不”，但是他还不知道对什么说“不”，尤其是他还并不确定能做到。

他想第二天再跟他诺曼底的朋友说他的决定，他不太想在出发之前跟他们过周末。一种强烈的直觉让他这么做。纪尧姆会给他一个很死板却又真实的解释，就像“我也想去旅行，去看看其他东西，去思考”，可艾玛会立刻察觉出有什么地方不对劲儿。万一他跟她在一起时觉得太放松，他会把他的感受都说出来，不加任何掩饰、不戴任何面具地说出来。有些东西亚历山大并不想分享，至少不是现在这个有一种很强烈深沉的纽带把他和卡特琳娜、劳伦联系在一起的时候——现在他们也依然联系在一起。与卡特琳娜的联系是从那个惊慌失措的小男孩的需求和恐惧开始的。卡特琳娜先是让这个小男孩知道自己是谁，她几乎就要成功地让他相信成为她第二个儿子是帮她一个大忙。实际上，是她重新给了他一副脊柱，让他在今天能够独立地站着。之后就是来自亚历山大的爱，他选择了他生命里最

1　艾米·怀恩豪斯死于2011年7月23日。

重要的第二位母亲。之后，这种联系让他能够下意识地以亲生母亲伊丽莎白为题材构思一部小说，一部由姨妈卡特琳娜的那些温柔的小秘密滋养的小说。她勾勒出一个比现实中更为高大的伊丽莎白，这肯定是因为亚历山大需要这个记忆里的重要人物。当然，她肯定也是这样看她的姐姐的。说实话，有时候亚历山大并不能回忆起真实的伊丽莎白。

他还没有做好跟艾玛分享因为卡特琳娜的去世带给他的这些感情上的混沌的准备。

另一个毫不相干的愚蠢的想法悄悄萌芽：卡特琳娜去世后，他没有再听到过喘息声，也没有再见过那个棕色头发的女人的背影。他为什么要想这些？

安东尼说：说“不”的自由是一种令人震惊的东西。“不”是什么？说出它都不用一分钟，一秒钟都不用。三个字母，一个音节，跟“是”一样。那么如何解释我们为什么对说这个字有如此多的顾虑？如何解释在把“不”字当成证明存在感的儿童时期后，现在的我们却或多或少下意识地缩小这种自由（有时候可以说是一种小叛逆）？是不是因为那时候我们身边的大人不停地跟我们说“不要总是做否定回答”“这么说很没有教养”？可是亚历山大并不记得伊丽莎白或者卡特琳娜曾经以任何形式禁止他说“不”。

那为什么我们要抹掉这个拒绝的选项呢？我要跟你们说：“我可没有答案，只有其他的问题。”那么是不是因为乖巧地回答“是”，我们就相信自己被爱、被喜欢或者能避免冲突呢？然而这样做经常只是满足了别人的意愿和看法，却伤害了我们自己。这种以别人为重心的做法会支配我们去接受一个巨大的威胁进入我们的生命。这个威胁从琐事入手，四处蔓延，从“我给您倒杯咖啡”“是”（见鬼，我一点也不喜欢喝咖啡，但为了让这个人高兴，我还是会喝了它），到一个善于操控他人的自恋狂跟你说“我们结婚吧，你以后再也见不到你的家人和朋友了”。我举这个例子并不是偶然的，也不是我杜撰的。几年以前，我听过一个既有趣又让人震惊的广播节目。我得承认我被那些不同的见证人给惊到了。那时候，“善于操控他人的自恋狂”的等级并没有像现在这样有明确的定义——至少对于大多数像我这样的人来说。

有两个参与进来的听众让我印象很深。一个是大约三十几岁的男性，他被孀居的母亲——一位吸血鬼一样的母亲——操控、侵蚀。她想要吞噬她唯一的儿子的生活，把他留在身边，让他为她服务；这个狡诈的病态的骗子把他隔绝，为了让他保存他的能量。只要他有一点反抗，她就声称自己得了重病或者有自杀倾向的抑郁症。她给他的信息很简单——如果你不听我的话，你为自己而活而不是为我而活，那你就等着给我收尸吧。

很多听众都震惊了。我们不愿意想象一位母亲会变成“吸血鬼”。但我没有，我从来不相信所有的母亲都是值得去爱和尊敬的“好母亲”，只要去了解一下不同的事实就足够明白这一点了。另一位见证者是一个五十多岁的女人，我是通过她的声音和故事判断这一点的。这个不幸的女人掉进了自己的父母和一个“吃人肉”的未婚夫（她父母中意）联合设计的陷阱里——他们要把她“瓜分”。她从来没爱过这个让她害怕的男人，只是她父母决定他是她的“未婚夫”；交易很透明——那个年轻人的父母很有钱，而这正是女孩的父母所缺少的。为了照顾年迈的父母，她被迫放弃了学业。而在这个故事里的她自己呢？她就像一根羽毛一样被抹掉了。和那个三十几岁的男人一样，她本应该、本可以说“不”，甚至说“去死吧你们”。但是他们字典里的“不”都被他们家里的“独裁者”抹掉了。“独裁者”们害怕“不”字，是因为他们的统治是靠受害者的恐惧维持的，说“不”就像是在说“我不再怕你，不再怕你把我想成什么样”。于是他们尽可能早地夺下“奴隶们”的这个最强大的武器。当然我的话得排除真正的独裁者，比如劝说犯人卸下所有伪装的警察和陪审团。

那个女人承认，她那时不敢反抗。因为她不敢说那个字，她嫁给了那个二十五年之后依旧威胁恐吓她的男人。她成了她丈夫父母的仆人，这并没有给她自己的父母带来任何好处。她的公婆会毫不犹豫地把她从床上拎起来，只是因为他们突然想吃菊苣（这一点都不夸张）。只是因为她那时不敢说这个只需一秒钟、代表自由的音节，她就丢掉了自己的一生。这种赋税很沉重、很不公。但毫无疑问地，对她来说，一切都太迟了。受邀在现场的女心理医生（“独裁者”方面的专家）向那位三十多岁的听众施以援手，她的意见很明确，她的理由更加明确：

“跟你母亲说‘不、不、不！’是不够的，她会有其他的诡计让你说‘是’。但是这能够让你掌控一点局面。唯一的解决办法就是离开。你不需要做任何解释，因为没有什么能让她改变；否则，她早就改变了。她是按照控制的图纸建造这一切的，不要相信她能看到你想要的。另外，她永远也不会满足，她的要求总是一个接着一个。她只想让你听她的话，仅此而已。”

心理医生在整个节目一直重复她更喜欢“操控者”这个术语而不是“自恋狂”。我不同意她的说法，尽管我没有她对这个领域的专业知识。我认为，一个操控者可能只是爱心和仁慈泛滥。其实，很多“好妈妈”都是善于操控、保护孩子的高手。比如，与其跟孩子发生冲突，禁止他们经常接触一个坏孩子，或者阻止孩子在某个苦恼的时期辍学，她们会选择提前避免这些不良诱因；而她们的孩子会在二十年后感激她们。在这种事情上，“好爸爸们”则是妈妈们良好的同盟。反之，“自恋狂”

表现出来的则是心理上的不正常，这甚至是致命的，这就是我为什么更喜欢这个名称的原因。“自恋狂”在我眼中就是“外星人”，这是我仔细斟酌过的一个词。他们是按照一种腐坏的图纸运作的生物，与人类背道而驰。他们几十年——有时甚至是一生——都不会被发现，他们通常是说谎和耍手段、耍诡计的行家。除了操控失败，没什么能够触及他们、能够伤害到他们。他们为自己而活，也只为自己而活。于是这成了心理医生们非常喜欢的一个课题，他们想要告诉大家这是怎样的一类人、如何认出他们。这些专家自豪于自己能够帮助不少人。有时候专家们能在最后一刻拯救被操控者的精神健康，也许还让他们重塑自己的人生。学会说“不”让那些多年——甚至整个青少年时期——饱受自恋狂折磨的人终于得到了解脱，他们忽然明白自己曾经生活在怎样的一种毒瘴之中，他们不是这种毁灭性关系中的强者。相反地，独裁者并不想要“奴隶们”的“财富”，而是要摧毁他们、永远地奴役他们，甚至不惜用虚假的爱心来保证他的“奴隶们”的臣服。

有人给他们找了一些借口，说这是由于他们的同情心、（或者）糊涂等等。但这就能成为摧毁他人生活的借口吗？只有专业人士才能搞定这些神经病——这也是专家们的工作，特别是要跟他们的“利爪”保持距离。总之，不管他们自己是否曾经遭受不幸、是否因此饱受煎熬，诸如此类的理论上的解释永远不能成为他们的借口，更不能因此免除他们的责任。他们没有任何权利去摧残其他人。我们也应该考虑我们的所作所为，我们无权去报复、通过蹂躏别人让自己得到快感。这是不能被接受的。

出于其他原因，跟这些人的悲剧不同，跟那些被吞噬灵魂和思想的噬食者蹂躏的生命不同，亚历山大刚刚发现了“不”的力量。在这第十四分钟，他明白了尽管他在这方面的经验还不足，恰如其分地说出这个字（不包括单纯的或是偏执的反驳）是刷存在感的最经济最有效的方式。我们的生命跟那些推着我们违心地说“是”的人的生命有同等的价值和重要性，这时候，“不”就像一个拯救者，这简直是个神奇的办法。

艾玛和纪尧姆

第十四分钟续（也是第九分钟续）

安东尼说：有人指出对这两分钟的续篇显得有点奇怪。我在此解释一下：如果这两分钟的本质是一样的，那这个续就是应该的。亚历山大看到了自己收到的两份同样的邀请和同样的征兆，他还会再看到吗？这就是另一回事了。

2011年初，诺曼底

亚历山大·柯罗诺斯愉快地接受了去美国之前再到艾玛和纪尧姆家小住的邀请。他借口说有很多东西要准备，只能待周日一天，其实这是个谎言。如果他想避开艾玛的洞察力和她灵敏的心理，一个周末对他来说实在太冒险了。周五晚上有个小灾难降临到纪尧姆头上，工厂的一个干燥箱坏了，他软磨硬泡地说服了维修工周日过来，以便不影响下一周的生产。孩子们去祖父母家过假期了，于是下午茶时间就剩艾玛和亚历山大两个人。松饼、玛芬蛋糕，当然还不能忘了各种果酱，艾玛简直是要把一个圣人推向贪婪的深渊。

她提了很多关于他这次突然想改变环境的原因的问题。他含糊其词地说想换换空气，看看其他的风景。她用一种同情但绝不虚假的语气说道：“旅游还是短暂地离开去静思？两者都没有坏处。我总说某天我要安排自己去修道院静思几周。”

“啊？”

“别担心，我是不会做修女的，我有孩子，而且我太爱我的男人了！但是那是在一个暂停的时空，以一种‘千年的节奏’，去换一种方式思考。别跟纪尧姆说这些，他会疯了的。”

“你有信仰？”他有些吃惊，尤其是他们以前从没谈到过这个话题。

“要是两三年前，我会回答我是不可知论者。总之，我不是无神论者，这点毫无疑问。”在明确回答这个问题前，她是经过仔细考虑的。

“嗯，艾玛，我想我没听明白。”

“我想说的就是，这些问题让我确信我不是无神论者。让我们简单点来说，因为这涉及一个很沉重和复杂的话题。我的话不包括那些真正有信仰的人，这是无可争议的；我是说上帝的真实性在信徒的头脑里已经根深蒂固了。我们要说的就是那些并不是很确定或者坚信上帝是不存在的那些人。”

亚历山大被这开场白搞得更糊涂了，他打断艾玛：“为什么这个话题从一开始就这么复杂？”

“也许是因为自人类在地球上出现开始，这就是一个让我们困扰和不解的最基本的问题。我觉得我们中的很多人都需要一种超验性，需要这个相信有上层物种存在的想法。可以是上帝、自然，任何东西。其实，无神论给我一种不安全感。现在你是不是要从椅子上掉下去了？”

他没从椅子上掉下去，但是他惊讶地张着嘴看着艾玛。

她摇摇头，想了想如何表达她的想法，接着说：

“对于那些真正的不武断的无神论者，只要他们不拿他们的无信仰论去烦别人，我是持尊重态度的。另外，我对那些固执的新教徒也是一样的看法。不过，如果有人突然说服我真的什么都不存在，我想这会让我陷入无法理解的深渊。这是我个人的反应。有信仰绝对不是害怕的表现，不是概括为‘没有它，一切都失去了意义’的混乱的表现；信仰也绝不只是一个疯狂地想要找到一种解释的愿望。我认为信仰是给自己冠以‘超验性’的做法。”

她在放声大笑之前拍了一下他的手：“好了，说了够多神秘、严肃的东西了。”

“谁是烦人的无神论者呢？”亚历山大问。

“你可别揭发我。纪尧姆读高商时候的好朋友阿赫诺就是其中之一，没人比他更自命不凡了。他以前经常来家里，每次来他都觉得必须要宣扬一次他的无神论。他不停地这样刺激我们，尤其是对纪尧姆‘嗯，兄弟，我们挺傻的，不是吗？你也相信有圣诞老人？’”

“那纪尧姆信教吗？”

“他觉得自己是基督教徒，甚至是天主教徒，尽管他从来没参与过其中。纪尧姆的这个想法已经在他内心最深处扎根。这需要不断地去改善，这将是一项私人的长久的工作。”

“那你们的孩子们呢？”

“他们受过洗礼了。我们跟他们解释了不同的宗教，包括佛教、多神教，跟他们说了这些宗教在历史上的地位，它们的相似和不同之处。我们不能重现这些宗教，因为它们贯穿了整个人类历史。我们也不是专家，只是世俗的人，但是我们所了解的也足以让我们不胡言乱语了，之后就让他们自己决定吧。”

“我同意。那个阿赫诺呢？纪尧姆没把他轰走？”

“他是个好脾气的人，但他也有好斗的一面。曾经有个袭击我和孩子们的坏蛋，纪尧姆让他在医院里躺了八天。我的男人很强壮，这就占了上风了。雄性激素没给他带来什么坏处，除了他开始谢顶了。但是面对阿赫诺，他要么是没领会到那些暗示，要么是不知道该如何反击。”

“我很理解他，艾玛。我们男人总是觉得我们会做得过头，或者判断失误。你能明白吗？就是害怕反应过激。”

“但是我们女人很快就能明白那是带有暗示，甚至是侮辱性的话。简而言之，阿赫诺就是个有着‘我是什么都懂的神，愚蠢的人类’的一面的新教徒。不管怎么说，我是拒绝别人让我改变信仰的。对我来说，无论信奉哪个宗教，或者不信教，都是一场个人的旅行。我们以自己的节奏前进，因为相遇、巧合、思考，或者或多或少的幸福而接触，这种前行是一小步一小步的。”

“这也是我的看法。你们还一直跟那个怪异的阿赫诺见面吗？”

“因为他不停地回到这个话题上来，一段时间之后，我就不再听他讲话了。我会以孩子或者清洗餐具或者其他什么为借口离开。后来，有个周日的下午，我也不知道我是怎么了……”她扑哧一声笑了出来，“可能是‘大姨妈’的原因，我那两天都没好气。他那天又含沙射影地批评纪尧姆，我就教训了他一下。我扔给他一句：‘你真是够了！你有你的想法，但是你离我们远点！’在一段很长时间的尴尬后，纪尧姆送他去了火车站。我们之后就没再见过他。这样也好，他真是触及我的底线了。”

亚历山大大笑起来，惊讶道：“原来你这么不好惹啊？”

艾玛眯起眼睛，跟卡特琳娜一样，她笑着说：“所有的，或者说几乎所有的女人都会在别人伤害她们所爱的人的时候变得很有攻击性。”

她沉默了一下，把手放在她朋友的胳膊上，轻轻地说：“卡特琳娜……我知道你特别想她。”

他透过厨房的玻璃窗向外望去，目光落在被一层薄薄的云笼罩的花园上，幽幽地回答："是的。"

"如果你愿意，等你想说的时候，等伤痛过去了，我们再谈谈。等你准备好的时候。"

纪尧姆回来了，浑身沾满了机械油，前臂有几处擦伤，尽管这个季节气温已经很低，他脸上还是挂着汗珠。

"亲爱的，我去洗个澡。我得把手伸到油污里才能修机器，这回终于可以睡个好觉了。"他转向亚历山大，有些过意不去地说，"我真是太抱歉了，把你们这样丢在家里，可是……"

"别这么说，我理解。"

"我知道，可是我们会有很长一段时间看不到你。你真的不能待到明天早上吗？"

"谢谢你的好意，可是真的不行，我还有太多事要处理。"亚历山大又一次说谎了。

其实，艾玛很厉害，情报局应该聘请她。有那么一瞬间，亚历山大真想把所有心里话都说出来：他想说他和卡特琳娜的关系；想说他竟然在这个年纪觉得自己成了孤儿；想说他觉得自己在很多方面都不成熟；想说他有多么想达到他曾经无法定义的该死的"男人的年龄"。可是，说这种话还太早，他那时还是清醒的——他还在服丧期，这让他的认知出错。他怕他这位女性朋友对他现在的情况说出一个可怕的想法。实际上，他现在的情况问题在于没有什么可高兴的事或是让他心情大好的事。可是他觉得这不过是一段让他走得非常痛苦的通道，在它的尽头闪烁着明亮的光芒。他需要走到通道的尽头，去弄明白那光芒为何而闪耀。现在谈论它无疑是在向时间说谎。

纪尧姆从浴室出来后，头发湿漉漉的。他们一起喝了一杯。

三个人一起度过的这最后一段时光使亚历山大平静。送他上火车之前，这两位朋友给了他一堆没完没了的建议，比如，要是他进到浩瀚无边的亚马孙雨林，得记得带牙签和一双帆布鞋，当然不能忘了 GPS 和指南针。一时间，在他们的各种“警告”里，他突然笑了起来。

亚历山大对纪尧姆说：“是，老爸，我也不会上一边给我糖果一边摩挲着裤子拉链的男人的车的。”

“除非你也对他感兴趣。毕竟你已经成年了。”

艾玛送他们到车上时，他抱住艾玛许久，在她的耳边轻轻地说“谢谢”。

“走吧，你这个大傻瓜。我可不开玩笑，你要照顾好自己，经常跟我们联系。这是命令，知道吗？你要是不这么做，我会担心的，那就是你的错了。美国佬应该有互联网吧？”她玩笑般地这么说，以分散她激动的情绪。

在车厢里安顿好之后，亚历山大在一种并不让人厌烦的懒散的感觉和一种奇怪的心碎的感觉之中飘荡。这种感觉跟他这几个星期开始准备行程以来所感受到的非常相似——所有的这一切都让他觉得那么不真实、跟现实脱节、与他不相关。忽然，跟艾玛和纪尧姆说“再见”这个事实就像是把所有的螺栓都归了位，每个螺丝钉都在它对应的螺母里。是的，亚历山大·柯罗诺斯几天后就要去缅因州。在那里，他谁也不认识，他去那里只是因为一时冲动——他也不太清楚为什么会这样。他期望在那里发现什么？他的人生会由他也不能给出的回答决定，即便那个回答是错误的。

安东尼说（也解释了对这两分钟的续是因为它们各自的本质）：艾玛对阿赫诺说了“不”。这是个决定性的“不”，阿赫诺也感觉到了。他带着一种高高在上的姿态轻率地侵犯了这对夫妻的领地。他不假思索、满不在乎地在一个本来很私密和微妙的地方陷入窘境。这个地方就是信仰和无信仰。我也许搞错了，但是我相信有一天，我们都“必须”要面对这个话题。我们小的时候，大多数人都沉浸在一个“宗教”或者不太“宗教”（非宗教）的环境里。在我们儿时的思想里，无非就是圣诞老人和小老鼠[1]（我的最爱）；我们相信我们的父母所相信的（或者不

1 传说小老鼠会在夜里带走小孩子掉下的乳牙。作为交换，它会留下一枚纪念币或者一个小礼物，更重要的是还会留下好梦。

相信的）。某一天，我们也成了大人，我想我们之中的很多人会对以前的种种有很多疑问。不管我们的答案是什么、不管这答案是否随着时间而改变，这都是一个复杂且私人的过程。艾玛顶撞阿赫诺是有道理的。

你的生活很重要，是；但是我的生活也很重要。

波特兰

第十五分钟

2011年，美国缅因州，波特兰

亚历山大·柯罗诺斯在离市中心不远的橡树街的一栋三层的老楼房里找到了一处两室一厅的公寓。街道的名字让他觉得很有趣——橡树是他最喜欢的一种树。橡树是一种极美的树，一旦种下，便可以坚定地屹立在那里几个世纪。

波特兰是一座老城，算是中等城市，有一个古老的商业区。亚历山大的住处体现了一种在美国不太常见的欧式建筑理念。由暗红的方砖建造的楼房，配上漆成白色的圆窗，立刻就让他喜欢上了这里。另一个重要原因就是房租不是很高。当然了，木制的楼梯本可以换上新地毯，大厅的墙也应该粉刷一下，还有那些凹凸不平的信箱也应该换掉。但是这里就是充满了魅力。他的公寓在一家专做贝果面包的连锁店的上边。早晨，热腾腾的小面包的味道飘到他那里，让他口水直流。总的来说，他的邻居们都很热情好客。美国人很开放，喜欢跟别人交往。他们对你从哪里来，为什么选择他们这座城市、这个街区很感兴趣。开始的几个星期，他像个游客一样到处闲逛。这个冬季已经接近尾声，但那种真切干燥的寒冷让他兴奋。他在网上看到的图片在很大程度上误导了他对这座缅因州最大城市的看法。17 世纪的时候，这里叫法姆斯，它现在的叫法要追溯到 18 世纪中期。他找到了都铎复兴式建筑，在老城的中心，恰到好处，可做明信片之用。城市的扩建和重建也带来了许多更现代的元素，不过大部分情况下，那些超现代化的建筑都完美地融入其中。这是一种巨大的成功。

他开始有他的小习惯。他很喜欢去一家名叫纳克法之家的厄立特里亚小餐馆吃午饭。在那里能吃到一种叫作英杰拉的面饼，它是由苔麸面粉制作的一种厚厚的发面饼，食客用它们来卷菜，但是纳克法之家没有刀叉这类餐具。他在法国从来没吃过埃塞俄比亚餐这种混合了多种调料（姜黄、辣椒和生姜）的、通常是素食的食物。肉在那边很稀有，并且价格昂贵。他很喜欢珊瑚红的扁豆，味道香得让人流口水。尽管如此，他还是觉得自己是个肉食动物，他最爱的一道菜就是炖羊肉配加了柠檬汁的软奶酪，后者是为了减缓一下那些调料带来的辛辣。头几次最好把餐巾当成围嘴来用，小心点别弄脏了衬衣，最好再挽起袖子。还有另外一个选项可供选择——把第二张餐巾铺到大腿上，强烈建议这样做！其实，这就像使用亚洲的筷子一样，是个习惯问题。餐馆的老板艾莉娜和约纳斯做价格实惠的饭食并不是单纯地为了讨生活。他们让客人觉得他们是真的很开心让大家了解、一起分享他们的美食，他们以超群的智慧和创造性以及倔强的精神用极简单的食材做出非常好吃又营养的食物——在许多物种匮乏的国家都是这样。还有，“纳克法”是他们出生的城市的名字。

亚历山大并不想念法国，至少现在还没有，只是跟艾玛和纪尧姆的小聚让他有点遗憾。

亚历山大拿着一大杯星巴克的卡布奇诺，闭上眼睛回想起他和艾玛最后的那次对话，它就好像昨夜发生的一样。同时，一种不快的感觉扰乱了他的小幸福——他并不在这里，他依然在那个五千多公里之外的地方，尽管他的身体不在，但他的灵魂被一根满是回忆和感动的丝线牵绊着。可是，他来到这里是为了跟过去的自己告别，是为了寻找那些他以为他知道的东西。

他在一家花店的玻璃橱窗外的红色窗台上坐下。这家花店的花束非常少见、优雅，当然价格也不菲。用香蕉叶包裹的一枝单色海芋或者红色雏菊(亚历山大也不知道它们真正的名字)成了一件短暂的艺术品。刺骨的寒冷冻得他直流鼻涕。

他发现自己身处一种非常棘手的困境中，尤其是他并没有提前做好准备，真的是一点准备也没有。他曾经傻傻地以为自己能够以一个新生儿那种最原始的思想在这个世界登陆，能一直抓住美好的、强大的事物走到成年，后来他意识到他又一次把问题提反了。亚历山大刚刚明白了一件最根本的事——我们的或幸福或痛苦的记忆都是极好的、无法抹掉的。它们就像我们思想的电子指纹，是个性化的真实。男人（或女人）增长的年龄就在于按照重要性给它们分类，而不再容忍它们的杂乱无章。这个想法又带给我们另一种想法——回忆的重要性不能按照它们的强度、好坏来概括。这就需要我们来进行分拣，它们的优先权规则很简单，按照构造我们人生的回忆或者摧毁我们人生的回忆来区分。对于第一种回忆，我们先把它们留住，裱起来，放到精神画廊的橱窗里展览；对于第二种回忆，最好把它们放到一个黑暗的角落里，这样我们参观画廊的时候需要绕远。不幸的是，我们既不能把它们清除，也不能把它们丢进垃圾桶。于是，这就需要我们想个办法，让它们的可见度降到最低，让伤痛降到最小。当然了，这工作不总是让人开心的。

让他非常吃惊的是，他想到了他的父亲，他以为他再也不会想起他。他很少想起他父亲，而每次想到他，他都会不抱任何幻想地耸耸肩，心底会有点轻蔑地、轻轻地“哼”一声。他没有告诉他自己的行程。另外，他在姨妈家度过的整个青春期期间，他父亲只给他打过五六次电话。他总是心不在焉、有点尴尬。他们的对话也总是很简短。卡特琳娜给他打电话跟他讲讲近况的时候也是一样。她五分钟的独白总是以“好了，我的任务完成了”这句话结束。每次她挂断电话都若有所思。于是，她把打电话的时间间隔得更久一点，后来干脆不打了，因为她发现对面的听众对她的“报告”一点也不感兴趣。

亚历山大不知道他是在什么情况下被“创造”出来的。当时他父亲是否想要孩子？伊丽莎白是不是强迫他了？可她并不是那种为了要孩子而“先斩后奏”的人。那就是说，是他父亲事后后悔自己被说服了？即使是这样，那也不能成为他抛弃自己孩子的理由。

实际上，亚历山大并不在乎。他父亲一直都是悲戚的、不负责任的、不可靠的。他还不如早点从他的生活中离开（他父亲在他 1 岁的时候离开了他）。亚历山大根本没有时间去爱他，没有感到悲伤，也没有机会去怨恨他。一个孩子失去父亲或母亲是很可怕的。他还经历了伊丽莎白的去世，他眼神里流露出对这种突然结束的不解。小孩子不喜欢“有限性”——妈妈今天还在这里；明天，她就不在了，再也不能回来了。命运或者某种疾病决定永远地带走她，就这么结束了，决定性地结束了。因为离婚而跟父亲或母亲分开应该很痛苦，可是我们知道她或者他还在那里，我们能够跟他们见面、能够碰触到他们、能够亲吻他们，也许这种想法更加奇怪。像他父亲这种情况，既没有去世也没有离婚，只是一个不能在场的男人的完全缺席。毫无疑问，他是个失败者。

他正想着这些的时候，一个三四岁的小男孩引起了他的注意。小男孩穿着天蓝色的羽绒服，头上戴着一顶米色的羊毛帽子，手上戴着海军蓝的棉手套。他向他这个方向跑过来。有那么一瞬间，亚历山大在想他的父母在哪儿。因为雪地靴的缘故，小男孩在便道上摔了个大跟头。亚历山大快速跑过去，不过该来的人来了，他还是被小男孩的爸爸抢在了前头。他应该只是在一家专卖漫画、科幻小说和老式的银版照相机的二手书店的橱窗前逗留了一秒钟。小男孩已经起来了，他应该是害怕多于疼痛。亚历山大又回到花店正门突出部分的下面。这孩子并没有受伤，只是受到了惊吓，但是他还是用这个年纪特有的方式进行了一次“谈判”。如果他说“一点也不疼”，那他就显得很勇敢，可是到这儿就完了。又或者加点料，说自己还是有点疼，这样就能得到爱抚、糖果的承诺和怜爱的话语。第二个选择似乎更诱人。小男孩一边抬起右腿的膝盖，一边开始哭泣，好像膝盖很疼——明明前一秒他还走得好好的。他爸爸惊慌地在他面前跪下来。亚历山大出神地看着这一幕。这位父亲当然没有上当，他只是为了配合儿子假装的。他把儿子抱在怀里，在他头上亲吻着，跟他说很多安慰的话。尽管对某些词句他还没完全掌握，亚历山大的英语还是在他来了之后有了非常大的进步。另一方面，他也没有其他选择。尽管美国人一般都掌握一点其他语言，但他们还是尽可能地避免去说第二种语言。小男孩叫史蒂芬，按照他哽咽的、含糊不清的话来说，他这一跤摔得很疼。他一边哭一边说他不确定自己能够走到汽车那儿，也许爸爸能抱着他过去？

“当然了，亲爱的。哎呀。妈妈该教训我了，好可怕啊。我放开了你的手，是我的错。唉，她肯定会特别生气！你可能会摔得比这更严重。”

史蒂芬的眼泪立刻止住了——他不想让爸爸被妈妈骂，他已经得到了足够的亲吻。于是他小声说道：“已经好多了，我可以走了。不用告诉妈妈，她会担心的。”

“好的，宝贝儿，那这就是我们的秘密了，男人之间的小秘密。嗯，我们还是要看看是不是需要在膝盖上贴个创可贴。”

这位爸爸找到了“破解之法”，那个假的剧痛像魔术一样瞬间蒸发了。

所有的父母都知道，最具奇效的安慰剂就是亲吻、爱抚和斯巴哈橡皮膏[1]。对一些小伤小痛，没有什么比这些更好用的了。之后我们再对着伤口吹一吹，好了，小伤小痛就都消失了。还有，如果我们还能分享一个天大的秘密，那简直就是最美妙的！那么，摔这一下很值得——在没摔坏的情况下。

亚历山大放心了。他喝完了卡布奇诺，向一个绿色的城市垃圾桶走去，把空纸杯扔了进去，笑了笑。实际上，他父亲并不让人讨厌，只是个失败者。没必要在这个话题上浪费时间。可是，这种巧合真是挺奇怪的。他想起了本来从不会想起的父亲，突然就有一个小男孩在他眼前摔倒带来了给他安全感、让他安心的父亲。真的很奇怪。

1　Sparadrap，一个医用橡皮胶布的牌子。

他突然有个冲动的想法。他拨通了劳伦的电话，那时是法国下午 3 点。他表弟接了电话，很高兴听到他的声音。他们闲聊了几分钟，然后劳伦用一种不太有把握的声音说："听着，兄弟。要是万一你出了什么事，我会坐最快的一班飞机去找你，行吧？别犹豫，知道吧？我的英语还不错。"

这番话让亚历山大很感动，因为他了解劳伦就像了解他肚子里的蛔虫。他的表弟可以在浴室和厨房之间走失，然后出现在城市的另一端，还不知道他是怎么到的那里。而且，劳伦过去、现在以及将来都是他的小弟弟，是在困难的时候由哥哥保护的小弟弟。

"嗯……等等……嗯，我不知道该怎么说合适，可是，我想跟你说，你对我来说非常珍贵，劳伦。"

他表弟不那么拘谨，笑了起来，然后大声说："嗯哪，我们相亲相爱！我们是兄弟！这简直太棒了！好了，你可别干蠢事，啊？我一直在你身边，你也一直在我身边。先到这儿，再见，我还有约。"

劳伦嘱咐他别干蠢事，这真是稀罕！可是，他还是幸福地挂了电话。

安东尼说：好吧，我作弊了。我决定讲述亚历山大人生中的十九个一分钟是为了切合那些只快或只慢十九秒的极好的手

表。我承认，这第十五分钟是在俄罗斯套娃里的一分钟。为了不跑题，这就算是最大号的“美式的一分钟”。啊！某天我得去我的回忆的画廊转一圈。我想我是在无意识中把它们按照年代顺序整理的。最后这些画依然色彩艳丽，而且在我的记忆里也是鲜活的。我的画廊看起来非常整齐、干净，实际上暗地里却是杂乱无章的。我思想的分类很不明确，以至于我不能全力前行去更改一些东西，去看到那些最重要的“画”。就像一个不明智的画廊老板把他老娘舅的面包皮挂在门口，只因为那是最后一个完成的；而把一幅培根或者苏拉吉的画放在最后，因为那是他买来的第一幅作品[1]。正是当我忙着清除一些画、耐心地整理另外一些的时候，我碰触到了我的记忆的画廊的最重要的元素。但是就像我之前说过的，我并不能打乱已经弄好的东西，原因有很多。第一，当然了，就是因为年代顺序。比如我们5岁或者10岁的时候发生的某一大事件会造成其他后果，然后积累发展，又会引发其他后果，简言之，就是一系列的连锁反应。改造这座像奶油千层一样的精神建筑几乎是不可能的。第二个原因跟对那些所谓的大事件（不一定是美好的）的感知有关，尤其是童年时期的大事件。第三是因为这一大事件通常会有包括我们在内的其他主角参与其中。其中，有的人已经不在

1　此处是作者利用“面包皮（croûte）”和“培根（Bacon）”玩的一个文字游戏。培根（1909—1992），英国画家。

了；有些人永远也不会同意我们的版本，因为他们有自己的版本，又或者因为他们觉得造成这样的后果是自己的错；还有一些人完全不在乎。对我来说，我们事后经常问的“这件事为什么会发生”这个问题没有多大意义。它就是这么发生了，仅此而已。总之，事情过去多年以后，我们从来不会肯定答案的真实性。这是否是对我们现在所知道的东西的重新书写？又一次，我们从童年对事物混沌的感性过渡到成年对其有理智的过滤。我没有回到过去去检查某种思念、某种痛苦、某种苦恼或者某种力量的来源的能力。但是，“带着这个回忆我该如何生活，我该如何安置它”（就好比在非常紧急的情况下，我们想“怎么拆除定时炸弹”一样）——简言之就是“我该如何前行”——这个问题对于我打开其他大门十分重要。这个问题是原动力的承载者、是人生中困难的解决办法的创造者。我们之中有些人通过一些重要的会面、相遇找到了问题的答案，也有很多人求助于专业人员（我听说过这个领域有很多有能力的人，我后面会讲到）以在这个漫长的进程中引导他们。另外，随着这种帮助与被帮助的关系交错发展，我觉得它最后也会变为重要的相遇。

在举下面这个例子之前我犹豫了很久。用一个伟人的传记来做我所写的东西的支柱对我来说是很不相称的。伟人用其一生去抗争、牺牲自我，再加上他政治方面的睿智，在历史（此处是大写的历史）上留下了很多财富。我还是更喜欢去讲述亚历山大的小故事（也是我的小故事）。所以大家看到的是我向前辈的敬意，而绝不是一种比较。纳尔逊·曼德拉是一位国家的伟人和战士。他曾经打胜一场使一个大国免于陷入血流成河和生离死别的战争。他是如何做到的？他选择了原谅和和解，把痛苦的回忆放到角落里以创造从现在开始的未来。这不是在遭囚禁的艰难的二十七年中支撑他站着的武器。不，这更像是威廉·埃内斯特·亨利的短诗《不可征服》：

我是我命运的主人，
我是我灵魂的船长。

让我们回到亚历山大·柯罗诺斯的小故事。

他刚刚在一种模模糊糊的状态下感到他被父亲“不以为意”地抛弃这种方式反倒帮了他。他本来该把父亲的抛弃转化成一种让人很受伤的回忆。他把他归类为“一个不负责任的、自私的、轻浮的、荒诞的爸爸”。他为了不时时被其所扰而把这段记忆封存。他是有道理的。据他所知，他是他父亲唯一的孩子，可是这个人却找遍了所有不照顾他的借口，无论是伊丽莎白去世之前，还是她去世之后，而那时他才只是个青春期的孩子。他父亲从来没为尿不湿、奶瓶，或者夜里哄一个发烧的小孩子这类事担心。那时候，这是一种简单又完全的抛弃，对亚历山大的抛弃——他唯一的儿子。

他父亲真的是个没有深度的人吗？其实亚历山大只是通过母亲和姨妈知道一点点关于父亲的事情，因此他对这个问题不得而知。但是那两个女人知道她们在做什么，也许她们早就达成要保护这个小男孩的共识。她们不想让孩子绝望地搜寻是谁伤害了他、谁没有伤害他，为什么他的父亲不喜欢他，从而饱受折磨。这是小孩子的正常反应，同时也是毁灭性的。他们很快会联想到如果父母不爱他们，那就是他们的错。伊丽莎白和卡特琳娜为了避免这种情况发生，把他父亲描绘成一个心肠不坏、但不负责任的小丑，尤其不要效仿他。他真的是这样吗？当然了。他从来没有真正长大，到“男人的年纪”。他对此有什么解释吗？我不知道，他已经死了。所以这个论题还没有开始就结束了，也不太可能再回过头去重新讨论。如果没有他母亲和姨妈的“手段”、善意的控制欲的天赋，亚历山大会从心里觉得自己是个孤儿、一个伤口无法痊愈的受伤的孩子。他避免了这些，他很快就对父亲有了自己的看法，认为他是一个愚蠢的家伙。

她们让他避免有个化脓的伤口。

相反地，卡特琳娜和伊丽莎白的爱就像强健的翅膀承载着他——还有劳伦的爱——让他不会跌落下来。好吧，他不得不承认，他对他这个表兄弟的“驾驶技术”不太放心。

宋金

第十六分钟

2011年，从缅因州的波特兰到整个广袤的国家

几个月过去了，亚历山大游览了这个广袤的国家的很多地方——纽约、华盛顿，然后是波士顿。他很受震撼，有时候他无法理解,有时候深受吸引。他在加利福尼亚逗留了三个星期，他不喜欢绵延的洛杉矶，但是觉得旧金山有种特别的魅力；路易斯安纳也很吸引他,尽管他觉得自己永远也不会到那里定居。他发现这是一个由不同种族组成、但又被对祖国的爱联系在一起的国家，国民对国家的未来坚信不疑。他跟美国人在一起感觉很好，他在他们身上看到一种能量、一种生机、一种似乎把这古老的大陆“抛弃”的欢愉。这种坚信不疑转化成各种可能性。人们去那里，看世事变迁。遭受挫折了？没关系，站起身，继续前行；也许他们会更改计划，但是他们继续前进。在某些地方，他也看到了一种法国人无法理解的贫穷——一种让人觉得不真实的贫穷与一种令人眩晕的富足共存。可是，有一件事让他感到很吃惊，让他对这个民族的无知产生了裂痕。与法式的发散思维中的美国人信奉的是个人主义(为了不说成是“自私”)不同，他发现原来大多数的富人——从小资产阶级到非常非常富有的富人——会捐赠他们的财富。他们资助慈善机构，赞助教育、健康医疗，照管流浪儿童、遭受暴力的妇女和吸毒的人，也对保护自然做出了很大贡献。这在他们眼中就是一种很正常的资本再分配，几乎是“自动”的。他自问是不是新教的文化影响，或者只是单纯的每个美国人都懂得依靠自己的前提是要依靠整个民族？在美国存在一种很浓厚的社会和宗教眼光——有能力帮助他人却逃跑的人是会被看不起的。美国人从来都不会拐弯抹角，对钱包和爱心吝啬的人一定会遭到指责。

这种“捐赠”在对某个机构几百万美元的投资面前是微不足道的，但却是一种很珍贵的个人行为。我们有能力，所以我们就去做，每个人量力而行。在法国或者其他地方，也有很富有、谨慎、慷慨的人，还有另外一些没有很多方法，却贡献他们的时间和天赋的人。我们会在每次自然灾害或者因为某种大事集资捐赠的时候看到他们。

这种精神状态通过一场发生在 2005 年 4 月 25 日至 28 日的灾难被凝聚在一起。在六年前就被卡特丽娜飓风重创过的美国东南部地区再次遭受龙卷风的侵袭，大约有三百五十人丧生。媒体表示这是自 1936 年以来最强劲的一次龙卷风。不知为何，亚历山大就守在他买来的二手的老式电视机前。他看到被摧毁的房屋，像稻草一样倒下的树木，一张张仿佛世界末日来临的面孔上露出的完全不知所措的神情。这些人抱着能够捡回一些东西的希望，回到他们房屋的废墟中。一位老人紧紧抱着他那条几乎跟他一样老的狗，不肯离去，因为他永远不会接受跟它分离。腰间别着枪的军警在巡逻，因为总有一些利用灾难和恐怖事件的小人去抢夺别人仅有的一点东西。同时，募捐和其他活动都在有条不紊地进行着。有人专门利用一周的假期来帮忙进行灾后清理。在全国各地，人们组织“车库义卖”：人们卖掉他们不再需要的东西，比如衣服、餐具、多余的家具，为了帮助那些素不相识的人。还有一些人会捐出十美元、二十美元或者一百美元，想着“大不了这周我不下馆子、不去看电影了”。在加利福尼亚，一位胖乎乎的餐馆老板在一周之内把辣豆酱和玉米卷饼的价格提高了一倍，并把这一周的收入所得全部捐给了公益组织。他的餐馆总是满客，因为客人们也想参与进来。他接受电台记者参访的时候，高兴地说：“我只是把上帝给我的返还给他一点点。美国万岁！我们会像以前一样重新站起来的。”

亚历山大记住了他的回答——把我们接收到的返还一点点，我们相信上帝，相信运气或者时机。但实际上，他自己得到了很多，却从来没有贡献过什么。在这种成百上千的人饱受龙卷风侵袭的悲惨的情况下，他还是感到一种令人欣慰的坚定。人类社会遭受了灾难，尽管有一些小人或者恶人，人类这个整体还是在面对困难的时候紧密地团结在一起。亚历山大刚刚碰触到了编制人类思想的东西——某天，我们站起来，向前走，伸出手去拉一把还在地下的人。尽管有伤口、有瘀青、有疼痛，我们还是要或快或慢、或易或难地继续继续再继续，一直向前。一种出乎意料的慰藉——也是一种羞怯——包围了他，他是这群人其中之一吗？他做了什么？他其实什么也没做。

他的满足感破成了碎片。他直到现在什么都没担心过吗？是的，他没有。他曾在西部信托工作，每天回到他那舒适的小公寓，吃着他的红酒洋葱烧牛肉、火腿奶酪煎饼，或者匈牙利式烩牛肉，又或者是寿司；他去姨妈家或者纪尧姆和艾玛家过周末；他曾经有过让他觉得很舒服的恋爱关系，甚至是不错的“一夜情”；他每天刷两次牙，如饥似渴地阅读《国家地理》月刊；他没经历过什么冒险活动，但是他让杂志的记者代劳了。真是乱七八糟，就好像给了自己一记耳光！

但不幸的是，这一巴掌过后，他还是没有做好走得更远的准备。

2011 年，一个大国和一次偶遇

亚历山大·柯罗诺斯尽可能地缩减他的“法式旅游”预算。他成了淘低价机票和虽然廉价却又很舒服的汽车旅馆的专家。他明白了美国的长途货车司机为了能在漫长的旅途中有个伴、保持清醒，非常愿意搭载搭顺风车旅行的年轻人。他们之间的交易是心照不宣的，搭顺风车的人得跟司机聊天、开玩笑，简言之就是在不让司机心脏骤停的情况下变身成咖啡因兴奋剂。司机们也会当心，甚至害怕碰到会袭击他们然后抢走货车或者货物的小流氓。他也听说了少数情况下会发生性侵，尤其是女孩子，这是真的。有很多货车司机都有一些职业病——从肥胖到心血管疾病，是由于严重的睡眠紊乱引起的。这就形成了一种不良循环。有些人靠精神兴奋剂来支撑，一些更谨慎的司机会用咖啡因来解决。这些东西，即便是后一种，也能引起一些不可预料的后果，有时候很严重。如果兴奋剂能让他们在路上行驶的时间翻倍，它也会改变他们对危险的反应和认知，对其他方面更甚。当然了，也会有偶尔的检查和惩罚。可是，美国经济在很大程度上依靠公路运输，加上卡车司机的工作条件也并不能让人垂涎三尺，所以也不会有争先恐后的求职者。目前为止，亚历山大还没有遇到嗑药的司机。他的这些经历还算“酷”，也省了不少钱。

毒品的危害实在太大了，到了一定程度，我们就不能再控制它们，而是毒品反噬我们。亚历山大无法接受被一种化学物质控制头脑。即便在遭受心理疾病折磨的情况下，即便有无可厚非的理由，他也不会去碰那些会让人上瘾的精神药物。哪怕是能够改变他思考方式的外援药物，也会激怒他。当然，他有在晚间狂欢会上或者在夜店喝醉的经验，也正因为如此，尽管他保留了对这些时光的美好甚至是非常美妙的回忆，但还是有一种不舒服的感觉留在他心里。为什么非要为了度过那快乐放松的时光多喝那两三杯或者四杯呢？如果没有多喝那几杯又会怎样？

除此之外，在当时那种环境中，一旦坐到了那个“死亡”的位子上，他便不会再去想检查一下司机的独立性和他的反应能力。

钱开始变得紧张了，于是他决定结束这次小旅行，试着找份工作——做什么都行。但是这并不容易，他的入境时间已经大大超出了他的旅游签证的 90 天入境许可。

这天早晨，从六点开始，他就守在佐治亚州萨凡纳南部的一个大货车停车场，他的旅行背包放在脚下。大部分的重型车都是来自或者要去东北部。司机们设法在大清早来到靠近大城市的地方，大卡车专用的停车位很快就停满了车。所以这是一个“考查”并选择下一个司机的理想场所，亚历山大选中了一辆蓝色镀铬货车的司机。他留着胡子，身材高大，穿着格子衬衫，看起来很平和，正跟另一个司机朋友聊天（看上去既不莽撞，也没有嗑药）。亚历山大跑去厕所小解，几乎所有的司机也都有同样的需求，于是大家排起了队。终于轮到他了。等到他出来的时候，他的第一选择——那辆蓝色镀铬的货车的小胡子司机已经不见了。

没办法，他又开始物色另一个。他以他的客观标准一个个地去选拔他们：这个拿着烟卷的手一直在发抖，还有车厢里很可能会一直烟雾缭绕；那个年纪不小了，从胳膊一直到肩膀都有文身，加上剃光的光头，让他想到是某个“地狱天使”回归了；另一个，留着红棕色的大胡子，戴着一顶无边软帽，让人以为他一定是 ZZ Top 乐队的粉丝，或者是货车司机这个王国里的阿米什人[1]。这是很有趣的一类人，有人说跟着他们是绝对安全的，但是，旅行的过程中可不一定是充满欢乐的。一辆有着镀铬散热护栏的淡黄色大卡车缓缓驶入停车场，它简直是个怪物。司机的小儿子从正驾驶那边跳了下来，他大约十六七岁，未成年，小个子，很瘦弱，亚裔，深棕色的半长的头发。亚历山大决定再耐心一点等着他父亲或者母亲下车——由于缺少司机，这个很男性的职业向女性敞开了大门。奇怪的是，我们发现她们很会开车，而且她们发生重大事故（更准确地说是损失）的概率是男性的一半。另外，随着技术的改进，驾驶对体力的要求比几十年前降低了很多。他看到这个小青年拎着饭盒向四个在一起的司机走了过去，他们正围坐在枯黄的草坪上的一张野餐桌周围吃着三明治，餐桌是由两块沥青石板支起的

1　基督新教再洗礼派门诺会中的一个信徒分支（又称亚米胥派），以拒绝汽车及电力等现代设施，过着简朴的生活而闻名。亚米胥派起自 1693 年，由 Jakob Ammann 所领导的瑞士与阿尔萨斯之重洗派的分裂运动；追随 Ammann 的教徒便被称为阿米什人（Amish）。

木板条。亚历山大觉得这作为一部让人绝望的科幻电影的背景非常合适，所有这些带散热护栏的钢铁、铝或铬的巨物——一般还是花里胡哨的——会让人想到不怀好意的外星人的嘴脸。在它们周围，人类显得很渺小、脆弱，所以在长途货车司机中很少看到瘦弱的年轻女孩。尾气和燃油的气味跟食物的味道混合在一起。这地方非常不错，大量供应汉堡、热狗、鸡块和三明治，经济又好吃，能在几百公里的旅途中让司机们填饱肚子。

司机们拍拍"小青年"的后背，非常友好地接纳了他。他们给他让出一个位置，亚历山大立刻明白了原来这个小青年是驾驶"大怪物"的司机。这就是说他不可能才十六七岁。亚历山大背起背包，向他们走近些。他看到男孩打开饭盒，拿出保温杯和绿色的粽子。亚历山大想起这是一种他很喜欢的泰国餐馆里的糯米饭团——香蕉叶里裹着糯米，加上炒菜、牛肉、虾或者豆腐，一起煮熟。这种食物也可以做成甜食，通常是和椰肉混合。亚历山大也逃不出"先天推理"这一规则——我们总是把他人的行为或者吃的食物跟他们的高矮胖瘦和职业联系在一起。比如，一个长途货车司机就该吃汉堡薯条和大到快掉出盘子的牛排，然后再来一大块核仁巧克力蛋糕或者加了很多奶油的苹果派，就着一大杯可乐或根汁汽水（通常是一种不含酒精的甜味饮料……除此之外，得爱喝才行）。这个司机的饭食让他有点惊讶。他没怎么犹豫地向这桌人走了过去，他微笑着

以示“我是个好人,不是危险人物”,并开始了他的“个人演说”:

“大家好，我是一个来自巴黎的法国人（提图尔是没用的，只会让别人瞪大眼睛)。我的钱剩的不多了，我想知道你们之中有没有人要去缅因州的波特兰。”

他们友好而又小心地打量着他，他看起来还是让他们很放心的。之后司机们纷纷说出自己的目的地——没有亚历山大要去的地方。其中有一个司机可以带他一程，到波士顿，只能是这样。他对他表示感谢，接受了他的提议。那个亚裔司机看了看他,嘴角扬起微笑。近处看,他也就是二十一二岁的样子——其实他三十出头。

“你如果话不多，我可以把你带到波特兰。”

其他人一边起身一边哈哈大笑，跟他们的伙伴告别。其中一个扔给亚历山大一句 :“你可别想跟宋金讲一些下流的笑话，但他可是个好伙伴，也是个非常棒的司机。”

他们都回到各自的外星怪物那里，亚历山大有些犹豫地坐在了桌子旁。气氛突然安静了下来。宋金慢慢地吃着饭，全神贯注。他每吃两三口就停顿一下,深吸一口气,眼神看向远方。他喝了一大口保温杯里的饮料，按照气味判断，应该是茶。忽然,他把三个糯米饭团推到亚历山大面前,用沉稳的语气说:“没钱了？吃吧，要是你饿了。”

“这是黏米饭团？”

“你知道？”

“泰国黏米做的？我在巴黎的时候经常在一家餐馆吃到。”

“‘黏’听起来挺让人不舒服的，不是吗？我们叫它‘糯米’。另外，是软糯，不是黏。”

他有轻微的口音，这让亚历山大认为他可能不是在美国出生的——他错了。但是，多年以来，他在那些更令人担忧的话题上也总是出错，这个小错误不会让他的记事板更加沉重。

米饭非常好吃，加了炒蔬菜和剁碎的鸡肉，有点辣。完全可以用手拿着吃，然后会有点粘手。通常是趁热或者温的时候吃，但是在旅途中也可以凉吃。宋金给他倒了一杯茶，强烈又刺激的味道让他觉得像挨了一鞭子。宋金站起身，说：“该上路了，把你的背包放到驾驶室吧。”

亚历山大照他说的做了，向那个淡黄色的怪物迈了一大步。在这个背景下发生的一幕让他吃了一惊。当他转过头看他的司机是否跟过来的时候，他看到宋金双臂交叉，闭着双眼，在做深呼吸。亚历山大是通过他白色衬衫的微微颤动看出来的。深吸气的同时他把头抬起来，面向天空；深呼气的同时，又把头低下来，面向枯黄的草地。

宋金那条“如果你话不多”的“指令”已经提前让亚历山大松了一口气。他不用绞尽脑汁去想一些轻松的话题（不会让任何人生气的话题）或者非常可笑的笑话（最好是黄段子或者是取笑女人，尤其是金发女人的笑话）——这也是一种“支付”他旅费的方式。可是，一小时的路程一句话没说，这种安静开始让人觉得抓狂。广播关掉了，能看电视或者电影的显示屏也一样被关掉了。萨凡纳和波特兰之间大约有一千五百公里的路程，加上限速和上厕所的时间，他们需要差不多二十个小时才能到达目的地，这还不算如果宋金决定要睡觉的时间。他掏出他的智能手机，什么也没有——两个小时以来什么都没发生，也没人在他的语音信箱留下紧急的留言。一路上他都没见到他的这位同伴笑过，他实在忍不住了，转向宋金：“我能问你一个问题吗？”

“当然。”

“我们必须要在这无止境的旅途中无聊下去吗？”

“不是。”

亚历山大等了几分钟，盼着另一位能给他精简的回答“加点料”，但他失算了。

“你也不听广播？”

“不听。”

“嗯……我能问一个蠢问题吗？为什么？”

宋金瞥了他一眼，眼神里带着笑意，勉为其难的跟他解释：

“我开车的时候，就只开车；我听歌的时候，就只听歌；我吃饭的时候，就只吃饭；我深呼吸的时候，就只做深呼吸；

我观察一棵树的时候，就集中精神看它的叶子或者光秃秃的树枝；我跟别人聊天的时候，就全心全意地跟他聊天。”

亚历山大在车厢重回平静之前“嗯”了一声以作为回应，但是他脑袋里想着“去厕所这件‘多任务’的事呢”。他想起了曾经读过的一篇文章，现实生活中，能多任务同时进行的人是不存在的。不对，当然存在，但是觉得这样很有效率却是个陷阱。为什么？因为我们的大脑并不能像电脑一样运作，电脑的一大优势就在于它会给它所接收到的信息和该用这些信息做什么进行分级。同时做两三件事,会影响其中一两件事的进度，因为我们的大脑会立刻决定哪件是最重要的。问题就是既然它给另一件事颁发了“紧急”奖项，它就不能以同样的效率来处理最后一件事。此外，我们还强迫自己继续集中精神，这被精神学专家称为“持续的局部注意力”。我们处理我们所接收的数据的能力差很多，因为大脑要不停地评判这些数据，处理完一件事又进行下一件事。另外，错误的数据存储也会由于疏忽而产生。这就解释了为什么那么多的车祸都是由开车时打电话引起的。

宋金为每件事、每个行为付出的注意力都是为了把事情做好,能够用心去感受。这也是一个千年以来的实践的一部分——全心全意，也叫作专心致志，但是亚历山大不知道这点。

路程在一公里一公里地减少，时间也在向前走。亚历山大简直要消失在车厢的寂静之中。车厢里有行车仪、仪表盘、警报器、GPS，还有被小帘子隔开的卧铺，就像一艘宇宙飞船的驾驶舱一样。

他很无聊，却什么也不能做。他还没有走出这个外部事物造成分心的阶段。分心是由人和事引起的。我们戴上耳机、打开手机、跟邻居聊天、翻看杂志，这些都没什么意思，很无趣，但是也能打发时间。尽管有时候我们觉得过得很快，只是一分钟（最让人吃惊的是我们竟然非常诚挚地相信）。亚历山大不知道我们的大脑也需要休息。不过，它不能休息，它不停地运作，即便在我们沉睡的时候。唯一一个让它重新充满能量的方法就是给它提供一种能够专心于某件简单、舒适又明了的事情上的可能性，比如一片树叶、一朵鲜花、一只小鸟。

远处，一块大的电子屏上指示高速上发生了一起车祸，造成了几公里的堵车。宋金减缓车速，打开 GPS，另一条路线显示出来。这位司机说："我们在下个服务区休息几分钟，然后下高速，免得堵车。"

他用一种丝毫不高傲的、非常接地气的语气向他提议："你需要零钱买杯咖啡或者买个三明治吗？"

"你真是太好了，谢谢，但我还剩几美元呢。"亚历山大向他表示感谢，竟然有种莫名的感动。

他们在一个很大的服务区停下来。这个服务区有两家快餐店，一家药店，一个可供客人放松的区域，一个可以洗漱、淋浴和给宝宝换尿不湿的地方，还有一家几乎什么都有的商店：吃的、喝的、香烟、玩具、书、报纸、DVD、润滑油、刹车油、玻璃清洁剂、遮阳板、香氛蜡烛、小礼物、花束、明信片、许愿卡等等。亚历山大趁着宋金离开卡车到另一处草坪上休息的时候去了厕所。

他没看到这个司机闭着眼，双臂举过头顶，双手合十的深呼吸；他没看到他放下双臂，双手依然合十，一边用拇指掠过腹部的太阳经丛，一边深呼吸；他没看到他摆动双臂，手掌向前，盯着一只想要找点三明治或饼干屑的麻雀；他不知道对宋金来说，这只麻雀突然变成了世界上的唯一的存在。

亚历山大很想洗个澡，但他不知道是否有时间。他又转向了饮料自动售卖机，他耐心地等着一大杯浓咖啡——他知道在美国人看来，他会失去味觉的。他又往机器里投了几枚硬币，选了一杯绿茶准备给宋金。

当他两只手都拿着喝的，从玻璃转门出来的时候，他又听到了很长时间都没有再出现的那种从喉咙里发出的叹息声。他认为这次的叹息声中似乎带着一点疑问。他转过头去看向另一扇门，他觉得他瞥到了深棕色的头发。是她吗？首先，“她”是谁？她在这里干什么？她在跟踪他吗？可恶，这女人到底是谁？

想都没想，他向另一扇门冲过去，重新进到服务区的大厅里，两手拿着杯子。那个高个子女人迈着大步向女厕所走去，她穿着一条黑色的阔腿裤，一件米色的薄麻长衫一直到她小腿肚，是一件越南女人穿的越式旗袍。他匆忙地跟过去，马上就要跟上她的时候，洗手间的门在她身后关上了。从负责打扫卫生的上了年纪的女士那张面无表情的脸上和她阴郁的眼神中可以看出，他在这个专门留给女性的地方一点都不受欢迎。除非他想被当成偷看姑娘小解的流氓。如果宋金扔下他先走了，那就算他倒霉好了——最好他能好心地把他的背包放下。他要等着这个陌生人，问她是谁。他看着女人们进进出出。他向那个不太和善的清洁工走过去，问道："嗯……不好意思，夫人。我朋友进去一刻钟了，我很担心她。她之前有点不舒服。她深棕色的齐发，穿着长衫，黑裤子。"

她用食指近乎威胁地指着他说："我进去看看。你就在这儿等着！"

一分钟之后，她出来跟他说："里面只有一位老太太了，没有你描述的人。她应该在你没注意的时候出去了。"

他看了看她，确定她说的是真的："谢谢您，夫人。"

他又出了门，手里的喝的已经冷掉了，轻微的眩晕让他失去了平衡。这个他在太平洋的两端都碰到过的女人是谁？在巴黎的小餐馆、在他的楼道里、在他曾经工作的办公室的走廊，现在在大洋另一边的一个服务区。

宋金还在等他，一点也不急。他问道：“还好吗？”

亚历山大把饮品递给他，有些含糊地说：“还好还好，对不起啊，但愿我没耽误你太多的时间。”

“一点也不会，休息一下挺好的。”

这位司机打量着他，亚历山大心里想着他是不是变成了透明的，是不是对方轻而易举就把他看透了。那是一种让他极不舒服的眼光。

他们下了高速，上了一条道路两旁都是树的公路。他们穿过了一片广阔的树林，绕过了堵车路段之后又重新上了高速。宋金长长地吐了一口气。

“还好吧？”亚历山大试探着问。

“非常好。等一下，我开下我这边的窗户。你感觉到了吗？这种树木的清新的味道，让人放松。”

亚历山大用鼻子吸了一口气，点了下头。接着他努力地回想他跟这个棕发女人的几次“相遇”，或者更确切地说是跟她那饱含惊诧和歉意的叹息的相遇。会不会是他楼下买下埃莉斯的公寓的女邻居？既然他只见过这位 O. 阿赛尔或者 D. 阿赛尔夫人一次，他也就无从判断。他徒劳地在记忆力搜寻，他能想起的只有一次在晚上下班回家时瞥见过一次她的背影。她在他之前上了楼，有一缕深棕色的半长的头发从她挡雨的大檐帽子下露了出来。她个子很高，差不多跟亚历山大一样高。她没有礼貌地转过身来跟他打个招呼，哪怕只是一个微笑也没有。相反地，亚历山大曾经认为她故意加快了速度，就是为了在他赶到之前把门关上。除此之外，他的记忆都是模糊的。有一次是在一个小餐馆——马歇尔之家，他经常去那里只是为了吃午餐。那一次有些狼狈，是在西部信托的走廊里。他又想起另一次，他在穿过那条顺着一个花园延伸的路的时候碰到过她，天气好的时候他会去那个花园里吃个三明治。那次他几乎看到了她的脸，因为她曾向他转过身来。她的皮肤非常苍白，可是她把一只手挡在嘴边，闭着双眼。而且，当时天已经黑了。这个烦人的问题一直在他头脑中打转：这个女人是谁？为什么他能如此清晰地听到她的叹息声？

当卡车减速停在路中间的时候，他只觉得是出什么事了。

“遇到麻烦了？”

“没有。”

亚历山大向左看看，向右看看，什么也没有。

“怎么了？”

宋金向右边——亚历山大这边指了指。亚历山大转过头去，看到一头、两头、三头——鹿。这些动物正一个接一个地穿越马路，向这个浅黄色的怪物投来疑惑的目光。

“可是……你是怎么看到它们的？它们在我这边，而且那时候它们还没从草丛里出来。”

宋金又露出一个神秘的微笑，然后说：

“视而不见比失明更可怕，充耳不闻比失聪更可怕。而且，普通人只是把事实重述一边，而真正的残疾人却努力地剖析事实。可以说一个失明的人最终是能够‘看到’的，因为他是用他的耳朵、他的双手和他的嗅觉去看的，他会很用心、很专心地去‘看’。”

亚历山大被他的话触动了，但对他毫无讨好之意、嘲讽地说：“可别跟我说你双目失明，是靠直觉开车的！”

“当然不是。这就是为什么我用我的双眼去看、去观察，然后把信息传送给大脑。至于这些动物，没什么神奇的。没有风，那如何解释只有某一部分的树枝突然动了呢？是有东西让它们晃动的。我们穿过的这个树林有很多动物，有野猪和鹿。”

“原来如此。”亚历山大认同地说道。

“正是这样。谁都知道，全速跟一头野猪或者一只鹿相撞，就算是对卡车也是有害无益的。我们不仅会残害一个动物，还可能因为司机的反应不当而引发另一起车祸。”

“可是现在，也就几秒钟的时间，我们就避免了一场‘杀戮’，很可能还避免了一起车祸。太疯狂了！可是当你开车的时候，你只是开车啊。”亚历山大提醒宋金。他的好心情因为这次论证也回来了，通过一种平和的语气传播着。

“我们走吧。你知道吗，一秒钟，一分钟，一小时，甚至一整天，都不算什么。真正重要的是它们如何被我们铭记，还有我们如何对待它们。”

淡黄色的庞然大物发动了。不知道为什么，亚历山大觉得这次出行非常重要，他应该继续钻研一下。一只巨大的钥匙的画面在他脑中闪过，那是为了打开什么？

安东尼说：我的目的是说明那些我们看不见的一分钟的重要性。之所以看不见是因为我们沉浸于一些虚假的紧急情况中，或者深陷烦恼之中。这种烦恼会让我们沉溺于“外界”的干扰。我们会去找寻干扰，有时会强迫自己接受他们，就是为了能摆脱那难缠的烦恼。可是，有时候我们所惧怕的烦恼也有好的一面，它能让我们的“天线”自由地朝着它们选择的方向而去，而不会被那些干扰所迷惑。

比如，很多人都看过这张在2015年2月3号拍摄于雷东多海滩公海的照片。它绕世界一周，逗笑了很多网民。就我个人来讲，我并不觉得好笑，尽管我很爱开玩笑而且笑点很低。照片上一个年轻男子坐在靠近船首的地方，船很漂亮，几乎可以算是快艇。他正在玩他的智能手机，看起来非常聚精会神，无疑是为了逃避烦恼。他没发现一只座头鲸和它的幼崽浮出水面，尾随他的船好几分钟。跟它们庞大的体型比起来，这艘船就是一叶脆弱的轻舟。它们却很小心。不用说它们只需轻轻一下或者用尾巴一扫便可以把这艘船颠覆。因为他沉迷于他的手机，或是在发短信、或是在玩游戏，他并没有成为这神奇、惊人的一幕的见证人。而某一天这一幕因为人类的破坏，将不再上演。很遗憾，这个年轻人错过了这独特的一分钟，这真的很遗憾。这就是那些我们能感到永恒向我们眨了一下眼，只向我们眨眼的一分钟里的其中之一。

这些一分钟里的某些一分钟——极少的几个——改变了我们的人生。它们很重要，但是我们并没有看到。大部分会重新出现，再给我们一次机会，但有几个一分钟却是唯一的。

再回到亚历山大这里。他只是跟卡车司机们一起在停车场的洗手间外等了一两分钟，他当时的第一选择——小胡子司机就上路了，于是他又选择了宋金。这个司机在树林里避开了一群鹿。亚历山大意识到，如果我们不拿出所有的注意力和精力，那某些重要的一分钟会从我们眼前溜走。

长时间被禁锢于舒适却并不能让他满足的蚕蛹里的亚历山大开始感觉到他的翅膀在生长。当然，他还依然被卡在那里，他永远也不会想到用这种方式表达。我经历过，所以我知道翅膀在刚刚开始生长的时候，会疼痛发痒，而且令人烦躁，因为我们不知道它们如何运作。拍打翅膀需要强健的肌肉，然后某天，我们发现我们可以飞翔。

我家有个鸽舍，这非常别致，不是吗？我们通常会想象一座带圆形塔楼的庄园，但我这里说的是一些钉在墙上的能让鸽子在里面打窝的独立的小通道。有时我们用它们来传递信息，有时我们也给它们设计陷阱，然后拿来当食物。当小鸽子的翅膀开始成形，我便不厌其烦地观察它们：它们从鸽子笼的栅栏里出来，伸展、拍打翅膀，做一些小练习。这些都是为了让控制翅膀的肌肉更好地发育。

刺

第十七分钟

2011年，缅因州，波特兰

奇怪的是，亚历山大对宋金的记忆几个星期以来都没有消退。毕竟他们只在一起度过了二十五个小时，其中还有四个小时在睡觉。他们只在宋金决定赶夜路之前在一个停车场停下小睡的时候聊过几句。他说夜里车少。

宋金躺在卧铺上很快就睡着了。亚历山大却在他倾斜的座椅上辗转反侧，难以入睡，尽管座椅很舒服。他刚刚得知宋金其实 32 岁，他 10 岁的儿子决定要去当和尚。

“你对此好像并不高兴。”亚历山大试探着说。

“不，我很开心，这在一个信佛的家庭里是件好事。只要他去之前不改变心意。只是……真正的生活，是另一回事。我觉得，当你结了婚，做了爸爸，有了工作，在这些责任和约束之下，再想在这个现实世界里找到某种宁静要比在寺庙的围墙之内复杂得多。虽然和尚也去寺庙之外帮助他人，做出很多牺牲。另一方面，和尚们需要完整地保存这种意识、这种看世界的眼光。比如说，你……”

他突然停下来。

“什么，我？”

“不，没什么。咱们得睡会儿觉了。”

“别啊，你想说什么？”亚历山大坚持。

“我忘了。”

这个法国人坚信那就是个骗人的借口，但是他也不能从这个同伴那里得到更多了。他在脑中翻来覆去地回想着这突然而来的寂静，一点睡意也没有。

当宋金把他带到波特兰跟他分别之后，亚历山大埋怨自己为什么没有跟宋金要邮箱地址或者电话号码。不过，宋金也什么都没有问。亚历山大看着那淡黄色的外星怪物越来越远，他傻傻地冲它挥了挥手。

有两段话好像嵌进他的脑中一样，挥之不去：

我开车的时候，就只开车；我听歌的时候，就只听歌；我吃饭的时候，就只吃饭；我深呼吸的时候，就只做深呼吸；我观察一棵树的时候，就集中精神看它的叶子或者光秃秃的树枝；我跟别人聊天的时候，就全心全意地跟他聊天。

还有：

你知道吗，一秒钟，一分钟，一小时，甚至一整天，都不算什么。真正重要的，是它们如何被我们铭记，还有我们如何对待它们。

当然还有第三段话：

视而不见比失明更可怕，充耳不闻比失聪更可怕。

从那以后亚历山大总是强迫自己去看、去听。这看起来好像很傻，可是开始真心不容易做到。比如，他端详一盆花，几秒钟后就有一个讨厌的声音不耐烦地小声说："好啦，可以啦，都看到了，不就是一盆破花嘛。"或者还有一些其他干扰他的小心思在那儿急得直跺脚："我得去取钱""我是不是把门锁好了""啊，我该给纪尧姆和艾玛打个电话""希望劳伦还没有去进行别的愚蠢的计划"等。打发掉这些想法很不容易，处理它们的时候也还没到。这些干扰不仅不理解他，还仿佛嵌入了他的脑海。在回到那盆花、一只小鸟、一只采蜜归来的蜜蜂前，亚历山大很快发现他越是想跟这些想法做对，它们就越是抗拒，想要另辟蹊径。这就好像手指上扎了一根刺，开始的十分钟，一碰到就会觉得难受，有点不舒服。如果我们专心去观察一盆花或者一只蜜蜂，我们几乎感觉不到那根刺，之后再安安静静地把它拔出来就可以了；相反，如果我们老去想它，这种轻微的不舒服会很快变成一种无法忍受的困扰——突然，只有那根刺才是最重要的，我们只想现在就把它拔出去，立刻！马上！让它别再折磨手指！

亚历山大明白了自己和自己的心思之间最好的策略是减少正面冲突。径直冲过去让新旧脑皮层起冲突，这对脑皮层的主人——亚历山大来说是个非常糟糕的计划。“我得去取款机取钱”，可是目前不需要花钱啊；“希望劳伦还没有去进行别的愚蠢的计划”，如果这愚蠢的计划真的存在，那一分钟也不能改变什么，尤其是他们之间有五千多公里的距离。

多次失败的尝试之后，亚历山大终于能够“战胜”干扰他的思想，不让它们再对自己纠缠不休，平静地走进他那短暂的精神集中的一分钟。于是他也回想起了在诺曼底跟朋友们在一起默默注视双层彩虹的那一分钟。

安东尼说：幸福很简单，也很经济。是，是！我们当然可以坐着私人喷气式飞机到世界的尽头，在一家坐落在大自然之中的豪华酒店享受一周轻松的时光。或者，根据自己的喜好（反正我不喜欢这样），让自己去比佛利山的罗迪欧大道这个世界最贵的购物中心去潇洒一回。这得在你的通运白金卡或者 Visa 黑卡里准备 5 万欧元；而且，拿着这点钱，还要避开珠宝店。根据每个人的不同情况，这两种方式会让一些人感到幸福。但是这需要条件。或者，我打赌如果找找看的话，我们肯定能找出一些穷光蛋，或者几乎是穷光蛋的家伙（开个玩笑）。换句话说，3 万欧元或者 7 万欧元的梦并不是每个人都能做的，这只是个比喻。还有就我个人而言，把这个数目的钱花在买衣服上或者花在玛格丽特酒上（在游泳池中间漂浮的充气椅上喝玛格丽特）会让我觉得不舒服。我觉得如果想到被遗弃的、挨饿的孩子，或者一个孤寡老人，或者世界上某个地方的病人会破坏掉我此时的兴致。我们可以想象一个给我们带来巨大喜悦的完美场景。然而，现实更加残酷，有时只是一种假象。举几个例子，比如，在某个私人潟湖岸边的豪华酒店里，如果得了急性肠胃炎，任何人都逃不过卧床或者蹲厕所；或者若是遇到大批海荨麻水母的入侵，结果无非就是浑身起疙瘩，奇痒无比；还有其他的“笑料”。还有更让人失望的（也许吧），私人喷气式飞机因为鲁瓦西机场调度员的罢工而被“钉”在地面。你们得承认这种失望要比丰富的想象力更让人刺痛。满心期待的幸福转变成了痛苦和坏脾气。但是我看到你们来了，狡猾的小东西们！如果我们的计划或者未来可能是令人失望的——用五万欧元换来失望，这代价太大——那就让我们耍点小手段吧——回想一下那些美好的事物。这不用花一分钱，不用出门，还可以避免因为想到孤寡老人和被遗弃的孩子而感到不舒服。乍一看，这貌似是个很好的解决办法。可是，这个办法可能不像我们想象中的那么可靠，我是说这就涉及一种双面策略。首先要学会很好地控制它的出场。如果我们把回忆重演一遍会发生什么，选择“糖果粉”的精神录像还是“婴儿蓝”的？我们的大脑新皮层开始蠕动，它立刻就会看到我们所希望的，它也操控着我们的思想和意志。于是它选了一个非常美好的回忆：5岁的时候，同小女孩的第一个吻，是我们用三个月小心翼翼地接近和一些小礼物（下午茶时间的糕点或者从妈妈那里拿的口红）换来的；或者是9岁的时候，我们玩国际象棋战胜了电脑。好吧，我们选择了“中等难度”，但也不错了。又或者，我们第一次钓了一条比堂兄钓的还大的鱼——他以前可总是拿着绕线筒炫耀。但是大脑旧皮层可不是这么看待这件事的，它很担心。总之，它一直在那里看护着我们，不离不弃。旧皮层不喜欢“糖果粉”或者“婴儿蓝”计划，它看到的是我们的警惕性的麻痹——我们只回忆事情好的方面可能会让我们犯下很严重、很危险的错误，不是吗？所以，这些连贯在一起的美好的回忆突然就把位置让给了其他的回忆——也是真实的，但是是灰暗的，甚至是灾难性的。而它们就像许多升起的画着骷髅头的小旗帜，在跟我们说“小心点”。美好的时光就这样四散而逃。当然，对于这种情况有经验的人能够在这些不好的回忆卸下它们的内容之前就让它们转变方向，它们的内容对我们的思想是有毒的、具有腐蚀性的，能够让其窒息。

可是，对于像我这样的新手，最好的选择就是现在的时光。一小步一小步地集中精力在一件琐事上。这样，无论新皮层还是旧皮层都对这个话题没有什么看法。我也许有点夸张，但它们就是这样运作的。选择留在当下，停驻一分钟，弄清楚自己身在何方，为什么会在那里。然后，去观察一盆花、一只蜜蜂、一颗石子。一边不急躁、有规律地吸气、呼气，一边用每一根神经去感受、跟着呼吸——用鼻孔过滤空气的方式，横膈膜上去又下来。或者只是走路，意识完全放在我们所做的事情上，放在脚、腿和我们脚下的土地上。我并不想在这方面去建议——或者更甚，去“指导”——任何人。这需要多年的经验，和一种我并不具备的“冥想”的修养。像我这种情况，还有很多工作要做。有很多关于这一论题的作品，它们举世闻名、浅显易懂。我想到了释一行禅师的作品，那是我最开始读过的，当然还有其他的[1]。这位禅师让我想到《星球大战》里的智者尤达（至少他那长长的耳朵），他是一位不知疲倦的和平斗士。无论如何，他的著作里都包含了对于“我怎么提前没想到呢”这点的明确的教育法。别忘了，通常当一个人开始使用一些晦涩难懂的术语和模糊不清的概念时，那说明他并不能掌控这个领域，或者是因为他的陈述太过平淡，甚至让人头昏脑涨，又或者是因为他想让别人佩服他。有时候，这也是一种溺死鱼的方式——让你觉得自己还不够聪明，不能理解他的回答从而放弃提太多问题的念头。“构思清晰的人能够清楚、轻易地陈述他要表达的

1　有乔恩·卡巴金的作品。他是麻省理工大学生物分子研究员，也是关于意识方面的书籍销量最好的作者之一。

意思。”[1]这些书籍（很严谨的那些）中的大部分都包含那些被我称为复合句的句子。如果我们读得很快，那我们能抓住一系列非常容易理解的词语。好了，就这样吧！但是，如果我们再仔细推敲一下那些有时显得很冗长的句子，我们会发现一些微妙的不同。这样一来，它们要表达的就不完全是同一个意思了。于是我们意识到句子里还暗藏“玄机”，而且只要我们愿意便能发掘它。我们在其中发现了什么？我们所搜寻的，我们没有找到的。而且我打赌这个内容对我们每个人来说都是不同的。这很简单，因为如果我们想做同一件事情，我们为了完成它所采取的方法是不一样的。

这种冥想的形式开始让医学界很感兴趣。我们通过核磁共振技术去理解“练习（我能想到的最合适的词了）”过程中大脑的变化。我想，不管怎样，当我们开始练习的时候，最重要的就是要想着“这里，就现在，在这一分钟里，这几分钟里”，我们是幸福的。

加一点旁白。另外，我们能马上知道、感觉到我们的不幸、疼痛，而当一切正常时却没有什么反应，这对于我们的生活以及周围的人而言，是不是不公平？这是不是一种忘恩负义？举一个两个星期以前发生的我个人的例子。我用手碰了一下还滚

---

1 出自尼古拉·布瓦洛（1636—1711）的《诗歌的艺术》。

烫的平底锅，就是因为我做一件事的时候还想着其他三件别的事（就是我前边说过的多任务行为）。我不太擅长做饭（很委婉的说法）。结果就是我的手掌被烫伤了。在接下来的几天里，我感受到我的手（当然是右手）很疼，我好想知道痛感什么时候能消失。可是，在手掌心被烫伤之前，甚至我感觉不到任何不适之后，我都没有觉得非常开心。这不是不公平吗？为什么我们要把精力集中在痛苦和厄运之上而不再去想其他事情了？反之，为什么对幸运、幸福、平静、不痛视而不见，就好像这些都是理所当然、根本不重要、不能引人注目的？可是，只有舒适和生活的快乐才能让我们长大，让我们的伤口痊愈。

回到现在。又一次，我们没有可能改变过去。但是反过来，我们能够努力降低负面后果带来的影响。当然了，这并不容易。并且有的时候，过去会留下一些非常难以跨越的沟壑。但是一点一点地，我们能够做到。我认为，创造未来的最好的工具就是现在。可是最经常的情况是，我们小看它，甚至看不到它。就像对亚历山大来说，现在不过是走向未来的垫脚石。多么严重的错误！不活在当下，就是与生命擦肩而过；而活在未来，活在比现在更早的未来，其他人也是这样，于是，我们从来没有与他们真正地相遇过，我们总是处于一种“一闪而过”的状态。一个小小的时间上的错位意味着我们把我们真正的生活留在了我们身后的几分钟里。啊，啊，我感觉到有些小机灵鬼已经准备好使人目瞪口呆而又无法辩驳的论据了——在自己的生命里和别人的生命里提前一两分钟，这是提早做准备，更好地“武装”自己。不是这样的，因为在那些被我们跳过的时间里，另一个人可能会在现在选择一个我们没有看到的不同的岔路口，因为我们已经身处未来了。所以，他或者她会走向其他方向。谁没经历过这种情况呢？多年的老朋友，或者甚至是夫妻之间，每个人都按自己的节奏向前走，完全没有注意到另一个人的节奏跟我们的不同。然后某一天，我们发现我们早已不在同一频道。这可能没有什么大的影响，也可能会带来决裂。

“现在万岁”并不意味着要活在直接性里、活在执拗的冲动里；简言之，就是放慢脚步，简单地生活。

我用神经网或者一张米其林的卡来介绍一下一分钟。很多路都能把我们从 A 点带到 B 点。按照你们不同的需要（我也可以说“我们”），你们会选择最美的一条路，或者最短的一条路，或者没有收费站的或者（嘘，这个就点到为止）没有雷达测速的路。假设你选择了第一条路，因为那天你的时间充裕。最美的路线带你经过一座被称为法国最美的教堂之一的 10 世纪的罗马教堂。如果不花上一刻钟去游览一下是不是很白痴呢？（值得注意的是，你并不着急）实际上，它是令人震撼的，建筑美妙绝伦，你不会为这一刻钟感到遗憾。从入口的小册子上得知，在离你所在地三十公里的地方有一个展示古老的裁石工具和木工工具的博物馆。要是错过这次不会再有的机会是不是很傻呢？你也没有为这次绕远而遗憾。但是它阻止了你从A点去B点，你选择了去C点。于是你就在现在这个准确的时间点选择了新的岔路口。谁能说一旦到了C点，你就不能遇到你生命中的女人（或者男人）呢；或者你看到的某个细节就不能给你的工作带来点天才般的启示了？谁能说就在这里、现在，沿着那在你面前打开的岔路，你全身心地投入到这一分钟里，某个根本的东西不会在你面前出现？取舍的自由权在你手上。当然，爱争辩的读者（但是有逻辑头脑的读者）会反驳：“如在A和C之间，我和一辆半挂车相撞呢？而在A和B之间是没有这个‘准备’的。”这个论据是可以接受的，尽管我不相信命运是已经书写好的和不变的。我相信命运会根据我们所选的或者我们所放弃的有很多条分岔路。我就是一个活生生的例子。但是让我们回到半挂车这里，让我客观一点吧，如果相反的情况发生了呢？如果半挂车在A和C之间消失，而会跟你在A和B之间相撞呢？

约纳斯

第十八分钟

2011年底，缅因州，波特兰

几个星期以来，亚历山大一直在埋怨自己。为什么呢？他自己也不能说出原因。为了找出他不舒服的根源来自哪里，他总是回到一个很尖刻的问题上来：直到现在，快一年了，他都做了什么？就旅游来说，他没有一刻是后悔的。而且，他确信，某天这些地点、画面、味道和光阴会成为特殊的重要存在，远在“一个法国人在大峡谷和蒙大拿州冰川国家公园等地的游记和回忆”之上。他在预算方面很小心，但也没有太过节约，过得很舒服。他也做了欲望、肌肤和黑夜的交易，甚至有几次夜里是跟不少性感迷人的女人一起。他还不错，有“异域风情”，还非常有魅力。他表现得像是个好情人——一个法国爱人，充满激情，不要什么花招。尤其，在他眼中女搭档的快感跟他自己的一样重要。他也很享受有许多女人对他感兴趣这件事。他毫不掩饰他的目的，不玩暧昧，拒绝那些觉得他符合她们“口味”的女人。总结一下就是：他们只在一起度过一段美好的时光，然后微笑着各奔东西，只在身后留下一段欢愉的回忆，没有藕断丝连，没有遗憾，没有妒忌。

亚历山大对于这个话题有点吃惊，虽然他很久以前就不再是童男了。尤其是来到美国之后，他总觉得跟男人不同——这里并不带任何褒贬之意——大部分的女人是按照一种二进位密码来看待性的。在这种号称“二进位”的密码里，“1”代表“是，我做爱是因为这个男人让我心动，也许我会爱上他”，“0”代表“不，我不做爱，因为这个男人一点也不让我心动，我永远也不会爱上他，做梦都别想”；再加上种报复的情况——我男人背叛我了，我要给他也戴顶“绿帽子”。但是，他发现在美国东北部，那些女人感情更为细腻。他不否认美国女人表面上看起来跟欧洲女人没太大的区别。当然她们有着共同的二进位观念，但是在此基础上有很多分类：我跟他睡觉因为他很幽默、健硕、迷人，并且（或者）他很会做爱；因为我过了很糟糕的一天；因为我开始变老了，我希望别人对我还有欲望并且向我展示他的欲望；已经三个月了，我老公都把我当成是客厅的盆栽，这让我绝望；因为我老板是个老色鬼，我已经受够了他把手放到我屁股上，我永远也不会跟他睡觉的；因为我希望男人的手抚摸我；因为我被困住了，我突然需要做一件我以前从来不敢做的事。亚历山大一般在第二天早晨或者就在“事后”，在一杯茶或者一杯咖啡的时间，听过所有这些。他曾经很受感动，因为几乎她们每个人都觉得有欲望（或者是需要？）去解释。她们是不是在一段没有结果的美好时光之后感到尴尬？只有两个暂时的性伙伴是有另一半的，这差点酿成大错。

亚历山大·柯罗诺斯第一次问自己婚后是否会忠诚——毫

无疑问，但实际上，和某人结合的画面却越来越远了。几年以来，他给他希望遇到的生命中的女人所具备的品质列了一个单子。但是在他眼中，“印度菜”不是“必需的口味”，是锦上添花；那个漂亮的女人得符合《中国益智游戏》里的大部分要求。必然地，她会匆匆离去，问自己是碰上了怎样一个怪人。他扑哧笑出声来，很快被一种不太轻松的情绪占据。

总之，他不用搬到美国东部海岸，应该还可以过同样的生活——他没再往下想。

至少他相信，命运是运动的，会让他认识到他的错误。

就在这个时候，他的手机振动了一下，是一条短信：“宝宝在路上，非常幸福，深深地吻你。快给点你的消息！爱你的艾玛和纪尧姆。”

他像个傻瓜一样呆在那里，一句话也说不出来。艾玛和纪尧姆要迎来他们的第三个孩子了。他会叫什么名字？是男孩还是女孩？他感觉自己整个人都变得柔软了，开心得直拍大腿。可是，突然有一阵悲伤朝他的开心袭来——他完成了什么？他做了什么？婚姻和孩子不再是彰显人类重要性的唯一活动。现在我们已经过了那个只为地球人口密度而生孩子的时期，也不再是一场疫病或者一场战争就会让地球上只剩几十万人的时期。总之，现在我们要把一个小婴儿培养成一个对人类有贡献，甚至在某个领域最出色的人。还有一些其他不太明显但很珍贵的意图来“确认”我们作为人类的重要性：发明一种治愈癌症的新疗法；或者发现一种新的、取之不尽的、无污染的免费能源；或者发现了一个能取代地球的可居住的星球（然后我们就能毫不羞耻地破坏我们的星球）。显然，这些已经超出了亚历山大的能力范围。

为什么不能只做一个在为身边的人、为其他人而活的同时也别忘了自己的人呢？不用幻想成为耶稣、佛、甘地、纳尔逊·曼德拉或者马丁·路德·金。客观一点，谦逊地做一个超越自己能力的人，也就是“瞄准脑袋上方一点点，把光标放得稍远一点的等级”，尝试一下某件超越自己的事情。如果我们没有那种素质和天资，那就不要希望自己能成为一位圣人或者一个拯救人类的天才——这种人毕竟是少数的个体。反过来，亚历山大终于知道我们拥有很多还未发掘的可能。人类可以为了他自己、他的家庭、他的团队、他的社区做出巨大的改变。他的后代不会记住他的名字？没关系，人们会说：“还好那时候这个人帮了我一把。”亚历山大想：如果有一天，能有一个人——只是一个人——这样想他，那他的人生就赢得了一种真正的意义。这个人可以是一个孩子、一个亲近的人、一个邻居、一个流浪汉，甚至一只动物，这都没有关系。生命应该感谢生命。

尽管如此，亚历山大一直怀有青少年时期的梦想。这些梦想很复杂，带有歧视色彩，很遥远，总之通常是不可能实现的，但就是这样才让它们更具有吸引力。突然，一个令人不爽的想法占据了他的脑海：傻瓜，年轻时候那些不可实现的梦难道没有巨大的好处吗？它可以作为成年人一无所成的非常好的借口——你让我怎么发现一个可以取代地球的星球啊？我又不是宇航员！这不就是他还时常抓着他那些空想的主要理由吗？

让人非常不爽、一点都不讨人喜欢的想法！

他看了一部电影，然后睡了，没有再继续思考，去弄明白这种说不清的窘迫。夜里，他因为剧烈的偏头痛和口渴而醒来，他在厨房的水龙头喝了水，吞了两片阿司匹林，就又回到床上。大约在9点，他再次醒来，觉得自己像是在游泳一样漂浮，脑袋里像有一支疯狂的风镐在跳动。他流鼻涕，腰酸背痛，脖子也疼。是流感！他曾经确信他永远也不会得的流感。亚历山大从没得过流感。在他看来，流感是一种很严重的感冒。这次经历会告诉他，真正的流感要比那严重得多。他强打着精神穿上衣服，下楼去乔西家给自己买了两个奶油起司贝果面包。乔西雇用了他的妹妹艾娃，这个娇小的女人有着红棕色的头发，脸颊和鼻翼处也长满了红棕色的雀斑。她给他拿了面包，用她平时的语气问道："你看来不太好？"

"我着凉了，我上去继续睡一会儿。"

"这样最好了，来一杯热茶……多喝点。"

下午他发起了高烧，卧床不起。他冻得发抖，牙齿打战，应该是用了所有的力气才摇摇晃晃地走到厕所。

他在脑袋里盘算着，体温应该在 39.5℃到 40℃之间。他觉得想起了一些东西——卡特琳娜对他的咸茶的功效大加赞赏——当然了，是他杜撰的。他以为他突然有了一种天资，一种预知的能力——假的。是太严重的高烧作用于脆弱的神经元引起的反应。实际上，他是烧糊涂了。在这种时候，我们感觉我们触碰到了事实的真相。他以为有一扇门打开了，他终于要明白了。这也是错误的。真相是不会这样被揭露的，它需要很多努力，需要我们付出劳动，而不仅仅是很高的体温。他睡了醒，醒了又睡，先是冻得脚趾都冰凉，然后又出汗，然后又冻得发抖，如此反复，不知道过了多久。他终于能够起床去喝口水或者小解的时候，他得用两只手支撑着脑袋，偏头痛让他头部的血流加速。剧烈的咳嗽像是要撕裂他的肺，他都怀疑是不是有一根肋骨被震裂了。

他从什么时候开始卧床的？两天前，还是三天前？他自己都不能回答这个问题。

有人不停地敲他公寓的门，像是从远处还传来门铃声。啊，什么乱七八糟的，他的头要炸了！

“让我安静会儿！”他没好气地嘟囔着。

一个很好听的男声传来：“亚历山大？我和艾莉娜都很担心你。你的护窗板两天没有开过了，贝果面包的乔西跟我们说你好像生病了。你在吗？亚历山大？”

是纳克法之家的约纳斯，那家厄立特里亚餐馆的老板。一方面，亚历山大不知道是否他们的母语让他们发“x”这个音很困难，就像很多民族的语言里并没有真正的“u”音，而用“ou”来代替。另一方面，也许约纳斯本来说话就像舌头上有根头发（说话吐字不清，大舌头）。亚历山大出了很多汗，头发也因此都贴在头皮上，他勉强起身，检查一下自己是不是穿着内裤，摇摇晃晃地向门口走去。他简直臭死了。

“约纳斯？你来看我真是太感谢了。我得了很重的流感，不想传染给你们。”

“亚历山大，我有孩子和餐馆，所以我打过疫苗了。我可不能在床上躺着，艾莉娜也是。她准备了一些吃的，我们很担心你。你病了，得吃东西！”

“我臭死了，家里也很脏乱，并且……”

约纳斯笑了笑，接着亚历山大的话往下说：“啊……我应该能活下来的！相信我。”

亚历山大不知道约纳斯和艾莉娜经历过怎样的生活，但肯定是非常艰难的。像所有从噩梦里走出来的人一样，他们永远也不会跟人提起曾经的经历——至少不会跟他们的客人说。他们好像只对三件事情感兴趣：他们的孩子、未来和跟大家分享他们国家的烹饪智慧。

亚历山大把门打开，有气无力地重复："我臭死了，公寓就是个猪窝。我再去睡会儿。我头晕，不好意思，约纳斯。谢谢你给我带了吃的，也谢谢艾莉娜。"

约纳斯以一个很阳光的笑容回应了他。约纳斯高高瘦瘦的，但是很健壮，高额头，有一双向鬓角微微拉长的眼睛，留着小胡子。

亚历山大立刻又去睡了。一块清凉的毛巾放到了他的额头上，他醒了过来。他眨眨眼睛，还是偏头痛。

"亚历山大？"

空气中飘浮的味道让他吃惊，是干净的、空气流通的味道。沉重的霉味、高烧……总之，"病痛"已经消失了，几乎消失了。只是他还是那么臭。

"去洗个澡吧，我把床单给你换了。"约纳斯提议，"不能在这些细菌的包围里睡觉。"

亚历山大端详着他。约纳斯又笑了笑，同时耸耸肩：

"我什么都会做，护士、厨师、男清洁工、出租车司机、管道工等等——除了熨衣服。这如果你还想再见到你的衬衫，我还是留给艾莉娜去做比较好。我得去找她了，该准备晚餐了。"

他在浴室里待了好长时间，因为头晕的缘故有点失去平衡。洗了很长时间的澡让他觉得很舒服。他回到房间时，床已经铺好了。约纳斯从厨房出来，端着热好的饭菜，他说："鉴于情况特殊，这位病人可以享受全套服务。”

是他最爱吃的番茄炖牛肉，配加了橄榄油的熟菠菜和黄豆泥，当然还有苔麸薄饼。番茄炖牛肉是一道口味很重的菜，能让人想到复合调料——姜黄、孜然，还要加上另一种复合调料柏柏尔[1]。做饭的时候可得手轻一点，不然吃的人会喷火的。亚历山大吃惊地发现自己快要饿死了。他拿着托盘，坐在客厅的茶几前。他再次感谢约纳斯为他所做的一切，想劝他别把他的脏衣服什么的带走。

“你知道吗，亚历山大，我们有三个小孩，再加上我们鼓励餐馆的客人用手吃饭，让洗衣机多转一次少转一次，真的不是问题。”

“好吧，但是跟艾莉娜说我从来不熨衣服的。她已经够忙的了，再让她为了这个操心，我就太过意不去了。”

亚历山大看着约纳斯走了。在客厅和门之间有一条狭窄的走廊，他听到约纳斯那悦耳但是又带着点好奇的声音传过来：“您找人吗，夫人？”

约纳斯又回来了，有点欲言又止：“亚历山大……我觉得刚才那位夫人想要敲你的门。但是，我一开门，她就背过身去

1　是一种埃塞俄比亚的由多种调料和香料混合调制而成的复合调料，有干辣椒、蒜、姜、紫皮洋葱、芸香草籽、小豆蔻、丁香和桂皮。

下楼了……挺奇怪的……”

“她长什么样？”

“嗯，我没太注意。个子很高……是个黑人，头发到肩膀。你要不介意的话，她很没礼貌……总之，但愿这不是你的朋友。”

“没礼貌？”

“我一跟她说话，她就不耐烦地叹了口气，一边拿手跟我做了这个动作（他学了一下那女人示意他安静的无礼的动作），一边下楼了。她好像赶时间。就是这样我看到她是黑人。我没看见她正面，只看到了背影，她穿着一件浅灰色的长身大衣和一条深色的阔腿裤。”

亚历山大突然整个人都觉得不好了。他委婉地说：“谢谢你，约纳斯。按你这么说，我什么也想不起来。也许是一个找错楼层的人吧。总之，这个女人没什么教养。别忘了，跟艾莉娜说，她简直就是我妈妈。”

“她也是我妈妈。这回好了，她有 5 个孩子了。”这个年轻的男人笑着说。

亚历山大大约下午三点吃完了饭，心不在焉。这个女人是谁？不对啊，她不是黑人，而是白人。他想起在高速服务区那次，她推洗手间门时那只苍白修长的手。在巴黎，他沿着中心花园走的那次也是瞥见了差不多的身影。可是，约纳斯看见的是黑皮肤的手。也许这个餐馆老板需要配眼镜了？也许这个女人戴了一副黑色的手套？

他吃了两片阿司匹林，沏了一杯茶，又回到床上躺下。要是这该死的偏头痛能缓解一下该多好，剧烈的咳嗽也时不时地使他惊醒。后来他终于沉沉地睡着了。他又开始发烧，只记得去洗手池的水龙头喝过水。

第二天从床上爬起来之后，亚历山大觉得好多了。他裹着浴袍，给自己准备了一杯咖啡，接着就倒在了沙发上，这就让他筋疲力尽了。一阵轻轻的门铃声把他从昏昏沉沉的世界拉了回来。是艾娃，她微笑着站在门口。她递给他一个用订书钉钉起来的纸袋，轻轻地说：

“约纳斯跟我们说你得了严重的流感！还真是，你脸色很不好，显得很憔悴。你应该给我们打个电话的。看，大厨特意为你准备的：一大杯卡布奇诺、一个烟熏三文鱼的奶油起司贝果，还有另外一个培根蛋黄酱贝果。晚饭时间我会再过来。你中午有吃的吗？”

“我自己能解决。你们真是太棒了。”

“你也很棒啊，所以这很正常。”

她愉快地在他脸上亲了一下，离开了。他品尝了刚刚出炉还带着余温的贝果面包。除了亚历山大非常喜欢的这种面包的面团很有嚼劲，无论甜口还是咸口都很好吃之外，这种贝果面包对于兜里没钱的人来说还有一个大大的好处——能填饱肚子。

他打开电视，开始频繁地换频道，无论是电视剧、电影，还是娱乐节目，他都不能坚持看上五分钟。一种深深的伤感慢慢侵蚀着他那在正常情况下就不怎么好的精神状态。他想到了一个卡特琳娜曾经用过的俗语——“大闷钟”。为什么这样叫沮丧的人呢？是因为跟教堂里相当沉闷的大钟很像？他感觉像是被抛在一片满是乱石的荒漠中央——灰暗、丑陋，而那些乱石会弄伤脚掌。

一声清脆的门铃声把他从这种令人生厌的浓雾中拉了出来，楼上的那位个头不高的先生站在他门前。亚历山大搜寻着他的名字，应该是亨利·艾瑞特，他已经退休了，看上去是个安静、谨慎的人。他们有时候会在街上或楼道里碰到，他们会互相微微一笑，点头示意，说点关于天气的客套话。亚历山大从来没仔细观察过这位艾瑞特先生。

一种非常好闻的味道从他手里端着的东西传来，那上面盖着一块蓝格子的布巾。

“我碰到小艾娃了，这个女孩简直就是一束春天里的鲜花。是她跟我说的，你得了流感。今年流感很严重。要多喝水，一定要多喝多喝再多喝，这样能保证身体不缺水，还能排毒。还要多吃蔬菜，保证矿物质和维生素的摄入。我用有机蔬菜做了蔬菜浓汤，这能给你补充能量，你可以试试。那个沙拉盆，你有空的时候拿上来放我门口就行了，我还有一个。给，再稍微热一下。你要是有什么需要帮忙的，千万别犹豫。这种天气我很少出门，我可不想在这冰天雪地里摔断一条腿。”

亚历山大接过沙拉盆，谢了亨利·艾瑞特。他关上门，去了厨房。一股对他自己的怒火突然向他蔓延：该死的，我真是该挨两巴掌！这是在演苦情戏吗？我就像《两个孤女》[1]一样，是个孤儿。对了，还有《卖火柴的小女孩》。好了，伙计，别再顾影自怜了！你只是得了流感，又不是奔马痨[2]，也不是埃博拉。你住在两室一厅的房子里，又不是大洪水时期的桥洞下面。那么多你并不熟悉的人都上来给你送吃的，收拾你的烂摊子，帮助你，询问你的近况！好了，大懒虫，赶紧起来，打起精神！洗洗澡，刮刮胡子。

他脑中响起卡特琳娜那清脆的笑声，那时他13岁。他的姨妈命令他洗澡（跟很多青春期的孩子一样，亚历山大也有过一段不讲卫生的时期）。她表示：“噗，什么味道啊！别忘了用点圣·马克皂液和硬毛刷。亲爱的，你真是臭死了，将来亲你的女孩肯定有很严重的嗅觉问题。别忘了把内裤和袜

1　1965年上映的法语影片。通过两个孤女的命运和不同遭遇，展现了18世纪末期法国社会的真实面貌，揭露了贵族荒淫无耻的生活，歌颂了人们的善良正直。

2　一种急剧发展的肺结核病，干酪样肺炎的别称。

子换掉！”

他长出一口气，悲伤的浓雾消散了（也许是“流感”累了？）。他把亨利的有机蔬菜浓汤热了一下，实际上这个混合了胡萝卜、扁叶葱、菠菜、土豆和蔓菁的汤很美味。他还剩了一大碗，可以晚上或者明天再吃。他把沙拉盆清洗干净，开门去把它放到艾瑞特的门前。

有人在他的脚垫上放了一个厚厚的硬卡纸信封。他有些惊讶，把它捡了起来，用手摸了摸。信封上用大大的粗体写着他的名字。他忍着头痛，打开信封，发现里边是两本法文书，上面有作者的签名，是一个他从来没听说过的越南作家释一行。那是两本口袋书，他从书皮和书页看出来这是两本旧书。第一本书上贴着一张粉色的便签贴，用英语写着：“我觉得它们应该能够指点、提示你。照顾好自己，也照顾好它们。黛丝媞妮·阿赛尔（Destiny Acer）[1]。”

他站在门洞里想，黛丝媞妮，多好听的（女性）名字啊。这是一个在美国很受欢迎的名字，现在也是，尤其是在美国黑人的基督教社区。突然间，他仿佛在胸口挨了重重一拳。D. 阿赛尔！巴黎十区，昂吉安路的信箱上标注的 D. 阿赛尔。他头有点晕，靠着门框的支撑保持站立。他闭上眼睛。又是流感，

1 此处跟其他外文名字一样，为音译，实为命运的意思，法语是“destin”。

没错。

“也许你应该去躺着？流感很伤身。”

她的声音很低沉，有点沙哑，但是肯定是女人的声音——一种黑夜的声音。

他睁开眼，已经知道他会看到谁。是那个女人，那个抓不住的女人。她个子很高，红棕色的齐发，浅茶色的眼睛，涂着波尔多红颜色的口红，这更突出了她皮肤的苍白。他不能看出她的年龄——她没有皱纹，但是从她那似乎藏着很多秘密的眼神来看，她甚至可能有一百来岁了。

“你是谁？”他有些语无伦次。

“黛丝媞妮·阿赛尔，还能是谁呢？”

“我们曾经见过面，在巴黎，还有这里，在一个高速公路的服务区。”

“不，我们只是看到过对方。总的来说，人们真正看到我，只有一次。”

他不明白她想说什么，固执地说道：“不对，我们见过，一天晚上，在我穿过那条广场花园边的小路时。那里离西部信托不远。你用手挡住了你的脸。这记忆有点模糊。”

她用深邃的眼神打量着他，她身上有种东西让他觉得不舒服。她用一种很严肃的口气说：“嗯，我还是没想起来。我很高兴。进来吧，亚历山大。”

进去哪里？他家吗——这儿，或者是回法国？[1]

“可是，我……”

“听听，看看，就回来吧！距离只能让你觉得更遥远。懂得生活的人到哪里都是家，懂得去爱的人才会被爱，出手帮助他人的人会得到他人的帮助。会对风微笑的人被天空所青睐，能被流水的笑容打动的人能听懂所有的声音。”

“等一下……嗯……”

“这儿！”

她抬起手，向左边转过身去。

他顺她手指的方向看去。一秒钟，两秒钟，她消失不见了。

他三步并作两步地下了楼，一个人也没有，那个女人就这样消失了。这些年的记忆，那些他没看到的、没听到的东西在他脑中持续地浮现。一种痛苦的不和谐的音符占据了他的身体——都是一些场景的碎片：宋金和他的糯米卷；穿越公路的鹿；那个在巴黎地铁里哭泣的黑人女人；那片贴在他客厅玻璃窗上的不知从何而来的枫叶，还有另一片被他鞋底碾碎的枫叶；他在小餐馆被苏菲迷住那次；这个浅茶色眼睛女人的悲伤的叹息；卡特琳娜；还有被他错过的与卡特琳娜的最后一分钟，因为甩干机的噪声让他不能听到她讲话，而他没想到要从洗衣房

1　法语中“rentrer”既有“进来”之意，又有“回到某地”之意。

出去；这场把几乎陌生的人推向他的流感；放在他脚垫上的书。这两本书到底是从哪里来的？鬼魂是不会放书在这儿的。这个女人是鬼吗？“真是够了，鬼魂根本不存在！”他自言自语地重复。

腹部的一阵刺痛让他弯下身去，他像个气喘吁吁的小老头一样，一步一步地上楼，回到公寓里。他硬撑着来到书桌前，开始在网上查找“黛丝媞妮”，当然，他也查了法语版的。这个词来源于拉丁语“destinare”：我们得相信我们只是被人用线操控的木偶，我们得相信一种宿命——无论我们做什么，我们永远也不能掌握自己的命运。这就意味着，所有的所有——小到一次呼吸——都是已经计划好的，对我们每个人来说都是这样。我们所想的、所更改的、所决定的都是假象，都是已经书写好的？甚至在我们出生以前就已经写好了？这就需要承认我们跟其他人之间的相互影响，以及所产生的后果也同样是预先计划好的。不可能，这太荒谬可笑了。如果，除了写好的命运，还存在一条模糊、可以更改的路线呢（一条我们不能一次看清目的地的路线，另外，跟命运的起源一样）？还有，如果每次我们选择一条岔路，同时放弃一条岔路，这是在取道新的路线，向一种全新的合理的人生前进吗？这是那些通灵的人所说的“因为这个原因，他们的语言从来没有被记下来过”。她们或者他们描述了未来的样子，除非我们换另一条路。比如，亚历山大在“盲目自我”方面有很明显的天赋。多年以来他一直是错的，但是这个勇敢的小伙子就在错误和盲目中继续。然后某一天，一个有着浅茶色眼睛的陌生女人让他感到了害怕，因为他在一种混乱中感到她并不在这里；就是说，她可能不是人类。就是这天，一个主要的分岔路显现了出来。

他打开谷歌，输入“阿赛尔”。必然地，他看到的是一个很有名的平板电脑的牌子。烦躁不安的情绪战胜了他。发疯似的找了五分钟之后，有一个解释跳入他的视野——阿赛尔，拉丁语中枫树的意思。

他感到颈背处传来一声叹息，透着欢愉。他没有转身，而是用手摸了一下那块被那个眼神深邃的女人的呼吸轻抚过的皮肤。

他小声说：

“我回来了。实际上，你看，黛丝媞妮，我可能永远也不会知道我得来这里，这次……放逐对我们的相遇如此重要。这都不要紧，不是吗？最根本的东西已经发生了，对吧？可是，我不明白的是，为什么在巴黎，在那条广场花园的路上，你没过来跟我交谈？”

十天以后，亚历山大邀请了几个偶然结交和意外结交的朋友：乔西和他的妹妹艾娃，亨利，当然还有艾莉娜和约纳斯。他做了他唯一的一道拿手菜——番茄蘑菇小牛肉，这也是卡特琳娜做得最好吃的一道菜。她这样说过："这简直就是'皇帝菜谱'。能唬住所有人，但是做起来超简单！再配上新鲜的面条或者米饭，不可能不受欢迎，除非他是素食主义者！"

饭菜做得很成功。大家很激动，开了不少玩笑。亚历山大分发了他一点一点积累的小东西：床单被罩之类、餐具、书（说实话，对他这些东西感兴趣的人不会很多）。亨利抱着那些《国家地理》月刊，说了一句算是结束语的话："我们没能早点认识，真是太遗憾了。"

"就是啊。如果某一天，你们想去巴黎散散步，千万别犹豫。你们都有我的地址了，我还会把我的电子邮箱给你们。然后，我们可以通过脸书联系。"

在回法国的飞机上，他想：其实还是挺遗憾的，他走过了这个广袤的国家的很多地方，却没有注意到就生活在他身边的那些人。

安东尼说：我可能搞错了，但是我觉得我并没有搞错。总的来说，我不认为除了亚历山大·柯罗诺斯这种情况之外，还存在另外一种渐变的方式，一种走向自己，然后走向人生，走向他人的没有险阻的旅程（比说成"不挨几耳光"更委婉）。我没有违背规律，我遇到了困难，迷过路。总之，我已经遇到我那一堆的麻烦了。我也饱受这种负面回忆、忧愁、伤痛之苦，却不知道它们源于何处。我重复这一点是因为这很重要——我们中的大部分应该跟这些无良的回忆共存。过去的伤痛的残余可以拖垮我们的生活，想方设法去破坏那些最美好的时光；而我们不能摆脱它们，不能否认它们，不能把它们压在某个盖子下面。这就需要对它们进行整理、改造，让它们变得容易相处——一小步一小步地来。

据我所知，没有人从来没有遇到这种麻烦。它是一种很强大的负面能量、反物质、反生命，它能摧毁跟它接触的东西，甚至在破茧之前就已经发生偏转。对我来说，在摆脱这种负面情绪之前，我需要一定的时间，否则是都行不通的；即便我希望，甚至是当我觉得我可以专注于此的时候，也不行。最后，这些事情就朝着一个让我不快的趋势发展。我也搞不清楚是因为我太蠢太笨了，还是因为我摊上一个大霉运——虽然我不相信霉运这个东西。

读过保罗·拉马尔什那些历险事迹的人都知道他的这句话："我享有一个极大的特权——很多引人注目的相遇。"它们如此引人注目以至于改变了我的人生，在我被困住的地方轻轻推动我。渐渐地，我发现那团反生命的东西消失不见了。它不是没有抗议，也不是没有跟我较量。它出让了土地和空间。它逐渐被吸收的同时也解放了一些空间和能量，让生命这个球体得以长大、繁荣。

除此之外，什么也没有。无论是不是我们的责任，我们不可能拍拍手就能改变那些过去的负面回忆、那些以前的永远无法愈合的伤口或者有功能障碍的行为。这要做出很多努力，要有坚定的信念；尤其，这需要我们毫无顾忌地进入到自己内心的最深处——这通常是很痛苦的；这需要我们环顾我们周围，清除我们的恐惧。恐惧会吞噬我们的人生，我们会对一些客观存在的事物感到害怕。比如，一辆无人驾驶的汽车向我们冲过来。这是一种生存的本能。可是，我们需要限定那种必要的恐惧和能够保护我们的恐惧，需要排除那些让我们窒息的“虚假”的恐惧。这样，很快地，我们就会感觉好多了。我们会觉得更有活力，更有存在感。跟对我们好的人在一起，能让我们做更多的好事。

开始，我们会有些糊涂，但是会好的，会步入正轨。还有，专业人士的帮助，比如心理治疗师和（或者）一位（真正的）导师的帮助会显得很重要。首先因为这些精心选择的专业人员会把你从那些只为赚钱的“庸医”手中解救出来，其次他们能让你避免失误和浪费看似微不足道的时间，还能避免失望。

让我们回到正题上来。这第十八分钟到底是什么？这是人类的未必会有的、异常珍贵的一分钟。它是真实存在的。我见证过它的存在，并从中多次受益。我想，我希望我自己也能创造这样的一分钟。就是突然间某个人做了他或她并没有必要去做的一件事。可能是他想到要伸出援手，拿给陷入困境的陌生人一个“生存的篮子”，喂某人吃饭，证明他是一个人。当然，做人是一件很复杂的事，我们不要上当。我们之所以是人类，是因为我们会说话，会使用一部智能手机，会开酒瓶的盖子。是，这很奇妙，这将改变这个世界，但做一个真正的人是要刚柔并存，有时候会很麻烦。作为一个人，在懂得无论付出多大代价也要强迫自己进行自我改良的同时，也要接受我们也是会犯错的；作为一个人，在遭受挫折（有时会非常痛苦）之后，也要继续前行——一小步接着一小步。

我们并不是一出生就算是“人”，尽管我们一出生就属于人类这个物种；我们是后天才成为一个人的，而这要穷极我们一生的努力。我们会犯各种大大小小的错误——出自本意或并非本意，重要的是要承认错误，而不是去找各种借口想将其抹掉；重要的是我们意识到犯了很严重的错误之后，要试着去弥补，然后去改变它。要去改变它只有当我们了解自己、承认我们本来的样子的时候才能做到。这需要很客观、诚实，这并不容易。

我一直觉得“没被看到，就是没有做过”很好笑，这是一句蠢话，而且极其错误。当然，对于他人、法律以及你身边的人来讲，你没有被看到，就是没有做过。但是你完完全全地被自己看到了，这是逃不掉的。我们的头脑不会“闭上眼睛”，被我们欺骗。即使我们拒绝承认我们所做的——因为这样会让我觉得更舒服一点——它还是准确地知道我们都做了什么、为什么做。当然，有些人只要不被抓到，他根本不在乎自己做了一件错事。但是我认为，这种人并不多，并且远不止这样，他们之中有不可忽略的一部分现在、今天不在乎，但是在明天、一年以后、五年以后、十年以后会后悔。我相信这才是一种真正人类（就此而言，同样的情况在其他高等动物中是不存在的）的行为。我找不出其他的词语去定义它。也许有这样一个词语存在，但是我不知道。这是一种很强烈的情感的混合物，远在遗憾、自责，或者羞愧之上，即便这些情感也在其中。我尤其相信其中包含了一种很美好、很明亮的情感——能够想象我们还有价值、我们能做很多好事的这种最基本的、非常人类化的需求。还是那句话，不用想着成为一个圣人或者人类的英雄。不是每个人都有那种素质，也不是每个人都有那样的机会。成为一个为人类发展贡献自己的力量的人是一种真正的成功：父母很好地养育孩子，是一种成功；老师打开学生思想的枷锁，是一种成功；医生救治一个得了脑膜炎的孩子，是一种成功；邻居帮助其他的邻居也是一种成功。再回到那两个年轻人在大火中救出一名妇女和她的孩子——一种绝对的成功！

爱洛伊斯/黛丝媞妮

第十九分钟

2012年，巴黎

亚历山大回到了昂吉安路。他第一件要紧的事不是打开行李箱收拾行李，而是去查看一下那个他看到写着“O&D. 阿赛尔（曾经的永恒）”的信箱。这个信箱对应着埃莉斯·布赫嘉德的公寓，信箱标签上的名字已经被画掉了。但是，他同楼层的公寓（从他搬过来就一直空着,房主在国外工作）的信箱上，写了一个简单的姓氏“瓦尔”，没有名字，名字的缩写也没有。他迅速往回跑，三步并两步地爬楼梯，他几乎能确定他将要在谷歌上找到的东西。

住在埃莉斯公寓对门的那个吝啬鬼，依旧那么“老鼠”[1]，但出乎亚历山大意料地从他的“洞穴”出来了。

“怎么，从美利坚回来了？”

“是的，古纳尔先生。您怎么样？腿脚一直不错？眼睛也不错？”

“唉，成了一个又老又傻的家伙可一点意思也没有。”

亚历山大把到了嘴边的话(当然不是什么好话)——“哈哈，可你正好就是这样的人。而且，那些老傻瓜通常曾经是年轻的

1　此处是一个利用谐音的文字游戏。“rat”在法语里是老鼠之意，也用来形容吝啬的人。

傻瓜”——咽了回去。他指着楼梯间里的另一扇门，问道：“古纳尔先生，搬到您对面，就是埃莉斯·布赫嘉德原来的公寓的阿赛尔夫人，她搬走了吗？”

他一脸疑惑地向他探了探头，反驳说：

“可是……这儿没住过人啊。埃莉斯去世后公寓就一直空着。她的侄子接手了，她没孩子。她这个侄子有个女儿明年要来巴黎读医学院，他把房子给他女儿留着呢。这可不是什么好事。”

“为什么？”亚历山大问，心思却不在这上面。

“哈，那些医科学生，大家都知道他们是什么德行。这儿会变成纵酒作乐的聚会厅，还有自习室！在这里可不行，我会马上给居民监理会打电话的。”

“可是要来的不是个小女孩吗？头两年的学业是很重的，她没时间搞那些狂欢派对。”

“嗯……看看再说，看看再说。”

“古纳尔先生……我觉得我没看错，我看见过一个女人进了埃莉斯家，她个子很高，剪得齐齐的深棕色的头发。是我去美国之前。”

老头耸耸肩，表示：“那我就不清楚了。不对啊，这房子这么多年一直空着呢，也许是有人来打扫卫生或者来查看水电表？”

“但是，曾经有搬家工人来过，不是吗？应该是2007年底。”

他继续追问，“那是个周六。”亚历山大简直要疯了。

“啊，对，他们是来搬走埃莉斯的家具的。嗯，都是一些很陈旧的东西。”

亚历山大极力地分散他慌乱的情绪，又说：“这样啊，那我对面的邻居呢？瓦尔一家，您见过他们吗？”

“没，还没见过。我不确定他们已经搬回来了。”

他觉得这个尖刻的吝啬鬼要比他走之前招人喜欢多了。他想起了约纳斯和艾莉娜，乔西和艾娃，还有亨利。他鬼使神差地提议道：“好了，我得回去把那些放在橱子里的纸箱清出来。如果您愿意的话，找一天晚上您可以上来喝一杯。如果您喜欢，我有一瓶不错的威士忌，或者红酒。”

透过厚厚的镜片，古纳尔先生的眼里闪过一道微光：“非常乐意！你从那边带回来波旁威士忌了？真正的波旁？”

“正是。”亚历山大撒了个小谎。

“哇，那我是真想去你那儿尝尝。因为在那些美国西部片里……我很喜欢西部片……他们都喝波旁。在法国不好买。嗯，就是这个威士忌不好买，嗯，我觉得是不好买。”

“一定让您尝尝波旁。”亚历山大微笑着说，心里想着赶紧跑去买一瓶。

埃莉斯说得很有道理，他肯定不是个坏人，只是一个缩在自己世界的男人——冷漠，独自躲在自己的角落里。亚历山大强忍着笑上楼了——他无法想象面黄体虚的古纳尔先生，在夕阳下，疾步行走在《遥远西部》的平原上，宽边帽一直压到鼻子上，叫喊着“嘻——哈——”。但是，每个人都有自己的梦想，它们都是弥足珍贵的。

一分钟。他将要跟这个尖刻的男人一起喝波旁威士忌，吃墨西哥玉米薯片，度过一分钟，甚至是几分钟，还要再强化一下《遥远西部》的色彩。有种直觉告诉他：古纳尔先生在内心深处保留了一小块绿地，可以开出花朵，变得繁荣。人们就是他们本来的样子，这无可置否，但是他们也是我们希望他们成为的样子。鄙视一个人、轻视他、不去关注他，因为他看起来不太开放、不太热情，或者我们没时间、我们有点不在乎，这就是在把他赶回他心灵的荒芜之中。最后他对自己说：“我曾经是正确的，这些人真是让我烦死了，他们不需要我；我不在乎，我也不需要他们。”他当然是在自欺欺人，但是至少这样可以让他经得住伤痛和烦恼。如果我们跟他说：“我们开始就错了。让我重新来过吧。我等你。你准备好伸出手没有？”他没有伸出手？那就算他倒霉，算我们倒霉。他伸出手来了，那就要像对待一个潜在的朋友那样握住他的手，要紧紧握住他的手，因为他很紧张。这很重要。

他背后传来一声叹息，一声低语。他相信他让她很开心，很满足。他没有回头看，他知道她并不在那里，但就像她在那里一样。他确信她很快就会出现。她，那个他从来没有遇见过的她。命运覆盖了她的足迹、模糊了她的路线，是因为亚历山大还没有准备好，因为还不是时候，因为他还不是那个她等待的亚历山大。

这个“女人”——黛丝媞妮·阿赛尔——真的存在吗？或者只是他的妄想？是被他的大脑虚构出来，又被他的盲目加工过的？他的大脑创造出这所有的诡计就是为了让他接受睁开双眼，去看、去观察？然后流感带来的头晕目眩又帮助那些诡计实现了一次他们的“相遇”？

跟他想的一样，五分钟之后，他看到“瓦尔（Vaher）”在爱沙尼亚语中是“枫树”的意思。他伸伸胳膊，长长地松了一口气。

尽管他之前一直活在“未来”，从来没有成功地登上过生命的列车，但亚历山大现在得出了结论——他不再着急。另外，他从没见过那该死的列车，因为他走错了站台。这些年来，他总是很着急很着急。要去哪儿？去干什么？他也不知道，他只是在转圈。从A点出发，又回到A点。真是棒极了！他从来没有见过那些给过他提示的重要的一分钟。其实，在美国的这一年时间教会了他一件非常重要的事——只有我们放弃的时候，才会错过人生。只要我们在精神上不放弃，几乎所有的东西都是可以挽回的、可以改变的、可以变得更好的。然后根据不同的人、不同的路线和不同的经历，有人很快就清楚地看到他们期许的生活的样子，其他人则会慢一些。但这并不意味着这些人将不如前者成功。不是的，他们只是更慢一点。重要的是生活，全心全意地生活。

他确信他的目的地已经显出轮廓。虽然目前来看，整幅画卷还是很模糊，但这都不重要。

他决定要重新联系那些他曾经很信任的人，甚至那些人他从来都没有想过。他们曾经在一旁帮助亚历山大追随他生命的列车，就此而言，他们就非常不同。是的，他没有成功地爬上去。但是因为他们，他并没有绝望；因为他们爱他，即便当他知道自己走错了路的时候也没有放弃；因为他们，这辆列车没有消失在远方。

亚历山大刚刚明白了一个最基本的观点。他可以就此写一本书，这本书有一个漂亮的名字——《失败的相对论》，亚历山大·柯罗诺斯著。

安东尼说：在现代社会，失败已经成为一种“羞耻”的病态。什么是失败？这根本没什么！我举一个愚蠢的例子。朋友们一起玩一局滚铁球[1]的游戏，安东尼拿着铁球瞄准目标“小猪”

1 滚铁球游戏中，参赛者必须把铁球扔出6到10米远，让铁球尽量接近“小猪”。这个小木球之所以得到这个绰号，是因为古罗马人曾举行类似的比赛，只不过当时他们不是用小木球做目标，而是用小乳猪。

而铁球落到了足足一米外的地方。这是一种失败吗？不是，安东尼会在下一次做得更好。反之，在我们的生活中，成绩几乎成为一种必需，考试、升级不利就被看作是一场悲剧、一种失败（至少我们称之为“失败”），成为一种几乎是文在额头上的耻辱。当然了，如果我们周围的人认为我们失败了、我们是失败者，那到最后我们自己也会相信我们就是失败者。于是我们就进入一个害怕被再次失败主宰的无止境的漩涡中。也就是说，我们越是害怕陷进去，我们陷得越深。因为对失败的恐惧砍断了我们的手臂，因为我们无法再相信、再说服自己我们可以成功。其实，我们是可以的！失败让我们气馁，于是成为一种必然。失败是不存在的。我再次重申，着重强调：失败是不存在的。只要我们不放弃，那只是成功路上（不管我们想象中的成功路是什么状态）的暂时的障碍。我们打起精神，整装待发，一点一点地前进。安东尼第二次抛出铁球，成功地靠近了“小猪”。

2012 年，图尔和诺曼底

亚历山大回图尔陪了他表弟几天，他表弟幸福得就像一只再次见到兄长的小狗崽。不用自欺欺人——劳伦没有成为一个能谨慎行事、量力而行的“智者”。可是，他还是比亚历山大担心的要进步很多，比以前强多了。是的，他没有把卡特琳娜姨妈的房子变成到处是乱糟糟的“新一代社区”。相反地，他重新粉刷了窗户框，把护窗板漆成苔藓绿，跟外墙的颜色很配。花园也打理得很好，亚历山大对他刮目相看，卡特琳娜曾经那么喜欢她的那些玫瑰和绣球。亚历山大跟他讲在美国发生的事情，渐渐地，他就像旅游指南（对旅行很有用，但是它的任务不是指导我们内省）那样开始一味地重复。他想，在美国这一年他又一次活在了“未来”，他又错过了那个信息。这个“小石子”只等待一件事，那就是我们俯下身，把它捡起来，好好研究。他满足于存储这些回忆：在改善英语的同时，他看过的风景、游览过的地方、尝过的不同的味道。简而言之，他就像电脑存储数据一样存储这些回忆。人类的大脑不光存储数据，还有为了能够理性的前进、完成目标而将情感“消化”、改造、对比的功能，当然，大脑还会提供做到这些的方法。

他讲到卡车司机宋金，尽管他还没有很好地领悟到他已经拥有的重要性；他讲到在楼道里跟黛丝媞妮·阿赛尔的“相遇”，虽然亚历山大都不确定是否真的有过这样的一次相遇。

之后他去诺曼底过了一个周末。艾玛的肚子已经圆鼓鼓的了。她用一种有罪的口气表示：

“啊，我真是觉得好惭愧，我甚至都不敢跟闺密们说了。真的，有那么多女人怀孕的时候呕吐、睡不好、觉得自己像一条大鲸鱼、腰酸背痛、掉头发等等。而我却非常喜欢怀孕，我从来没觉得如此放松、如此美妙。我可以一辈子都这样。”

这把他们都逗笑了。

纪尧姆高兴地回答：“哇哦，我们就要三个就行了。”

这个周末过得非常愉快也是因为跟朋友在一起的缘故。我们可以跟他们几年不见，但是我们一直有种感觉——我们一直握着一条线，就像我们前一晚才离开他们。唯一指示时间飞逝的东西就是这个年纪的孩子们，他们长得跟芦笋一样快。维克多像是在一年里长了两岁，夏洛特已经出落成一个苗条的小女孩，仿佛上次见她还在摇篮里。当然了，纪尧姆问了他打算干什么。

“我也不知道。但是这不是以前的那种‘我也不知道’。那时候，是一种空虚，一种不想回到过去的感觉，好像什么都是一样的。今天……我想我是在等待一个具体的、绝妙的东西，几乎唾手可得的东西。嗯，这并不明确。”

“这很明确，”纪尧姆反对道，“我也希望那将是个绝妙的东西！”

亚历山大很幸福地回到了巴黎。可是，他还没有到这里；可是，他也已经不在美国了。他又再次感到自己在一个错开的宇宙里、在另一个时空里发展，既不在这里也不在那里。只是，今天这种感觉是令人愉悦的，他就像一个口袋里拿着一张中了奖的乐透的人——自己已经确定中奖，但是他想延长兴奋的时间，在兑奖之前守口如瓶。

有一天晚上，楼下的古纳尔先生来敲了他的门，他有点拘谨。那是亚历山大第一次觉得他人很好。

“我们曾经说过要一起喝一杯波旁。希望我没有打扰到你，但是我没有你的电话跟你打个招呼。你看。”

“不打扰，不打扰。请进。”

“我看你对美国很感兴趣。我一直梦想着去那边度假，可是……我的条件就是这样。给。”他一边说着一边递给亚历山大一个纸盒，“还热着呢，是奶酪细条酥，我做这个很拿手。我确定这跟波旁肯定是绝配。”

喝了三杯波旁之后，亚历山大跟他讲了他的“旅行菜单”：亚利桑那州、大峡谷、新墨西哥、红沙漠，还有被自然界无情雕刻的大山。在那里能生存下来的动物和小灌木得益于它们在千百年的过程中很好地发展了抗高温、抗旱、抗饥饿的身体机能。

帕特里克·古纳尔眼睛里含着泪，他为了缓解激动的情绪咬着嘴唇，有些语无伦次：“啊，你能看到这些真是幸运。电视上只要有关于这些的纪录片，我肯定会看，有些真是太美了。但是这跟有人跟你讲述是不一样的，跟看电视的感觉完全不一样。”

这只不讨人喜欢的“大老鼠”这时变成了人，一个做了一辈子同样的梦的人。当然了，他并没有实现这个梦，但至少他没忘记过。他起身准备离开，嘴角露出一抹僵硬的微笑。亚历山大看到了，他说："您知道，古纳尔先生，要是您在淡季出行，（旅行社的）很多行程并不贵。"

帕特里克·古纳尔垂下眼睛，有点尴尬："嗯，我一句英语都不会说。我就是个邮局的小公务员，不用掌握第二外语。我什么都听不懂。"

"我可以……我是说……我可以教您一些最基本的。然后，还有很多不错的入门教材，网上甚至是免费的。我觉得，只要您认真去学，半年以后您就能自己应付了。我的英语在我去美国之前也就马马虎虎。"

帕特里克·古纳尔皱了一下眉头，用一种不确定的语气说："你会这么做？尤其是我过去对你或者埃莉斯一点也不友善。"

"过去的事情就过去了。有了错误之后最重要的就是不要再犯同样的错误了。"

"你很喜欢她，是吧？我也是。她是一个非常出色的女人，一个真正的好人。我觉得她的一辈子并不是很幸福，我不敢肯定。她挺喜欢你的，我承认……我嫉妒了。你请她到家里来，我没有请过。其实，没人邀请过我，除了埃莉斯邀请过我一次。她比我岁数大不少，我还想过也许我们俩能有更多的共同语言，可是她这个年纪，应该能当你祖母了，竟然会用电脑上网。我真是白痴！如果我不是那么不合群，你也会邀请我的，是吧？”

“当然了。”

“英语的事，你是认真的？”

“非常认真。”

*　　*　　*

这天夜里，他听到对门公寓的门轻轻地关上了，至少他觉得自己听到了。可是第二天早上，他想这肯定是幻听，就像有时我们在睡梦中会听到一些声音一样。就他公寓所在的位置，只要不是邻居使劲把门撞上，他是什么也听不到的。

他刚喝完咖啡加牛奶，电话就响了。

“柯罗诺斯？”

他似乎认得这声音，试探着说：“嗯，喂？”

“亚历山大·柯罗诺斯？”

“是我。请问您是？”

“西部信托的于贝尔·德拉维涅。”

“啊，您好，德拉维涅先生。”

“我差点没听出你的声音。我好像听说你去美国休年假了。”

亚历山大不开玩笑地纠正说：“可以这么说，这样听起来更好一点。实际上，我是去放空自己了。”

“这有时候会带来意想不到的结果。”他的前老板肯定地说，他并不是一个浑蛋老板，可以说不好不坏，“我有个职位很适合你。目前情况有点不稳定，我重组了公司，有个职位空出来了。这需要做个小培训，但是你可以胜任的。我们能见一面吗？”

“为什么不呢？什么时间？地点？”

“在鲁特西亚酒吧。”

亚历山大明白了这个职位不会在网上公开招聘，德拉维涅想私下搞定。

“好的。”

“下周怎么样？星期三，上午 11 点。”

“完美，我会准时到的。谢谢您，德拉维涅先生。”

亚历山大挂了电话。跟以前的亚历山大不同，他并没有欢呼雀跃，他很平静。为什么？他刚从美国回来，他的存款不多，他得找份工作，而这就有人给他送上门来。然后呢？应该很开心，不是吗？应该一边尖叫、双手挥舞着举过头顶，一边想着肯定是因为我非常优秀，老板才会在解雇我一年以后又把我召回去力挽狂澜。

不是这样的。也许，如果他接受了这份工作，肯定是因为他需要赚钱，还有西部信托算是一家不错的公司，德拉维涅也是一个很有能力的老板，不是个蠢货。可是，这一次，亚历山大下意识地强调“为什么不”而不是“我很愿意”，就是他把“是”换成了“不是”。

这天早晨，他一下楼就感到一种刺骨的寒冷。二月的明媚阳光把巴黎的天空“清扫”得很干净。他进面包店买了一个葡萄干面包，并没有注意到那个喜欢他的服务员露出的害羞的微笑。

他在自省和德拉维涅通话之后的情绪变化。首先，他还是相当高兴的，他也松了一口气，因为尽管他很注意，他的账户还是会在几个月后出现赤字。可是，没缘由地，他的脑中响起了一种类似警钟的声音，就像他即将推开的那扇门的后面暗藏着一种危险。这也不能说明什么，他了解公司、老板和那份工作，危险在哪儿呢？

困惑的他决定去卢森堡公园散散步。很显然，肖蒙山丘公园近很多，可是这是一种我们每个人都有的习惯。还是孩子的时候，伊丽莎白总是带他去卢森堡公园，那里一直就是“他家的后花园”。他很喜欢那里宽阔的林荫路和草坪上的鲜花，那个大水池也很吸引他，就像一个情人。他趴在水池的边沿上，他妈妈从后边抓着他的衬衫，他不厌其烦地把他的小船在水中来来回回地推拉。然后他们会去冷饮摊买些喝的解渴。他妈妈还带他去看养蜂场，她断言这里的蜂蜜是世界上最好的蜂蜜之一，理由是这里的蜜蜂可以采集到相当多品种的花粉。他想起一件往事，让他不禁笑了出来。那时他正处于一个“辩论家”

的阶段，有一天，他曾经这样反驳他妈妈："你怎么知道这是世界上最好的蜂蜜？你又没有尝过世界上所有的蜂蜜。""不用尝就知道！我能感觉到，有的东西就是这样。"

他向前走了一大步，一些说不清的细节还是让他很迷惑。人们抬起头看着他：有人向他投来不确定的，几乎是羞涩的微笑；有人冲他稍微点了下头。于是亚历山大意识到有个东西让很多巴黎人感到吃惊——微笑。于是，他微笑，过路人也回他一个微笑。巴黎已经成为一座人们几乎不再微笑的城市，超过半数的面孔上都是捉摸不透的表情，甚至与别人交换一个眼神都变得很困难。这是一种内部封闭。我们把所有的话（无论热情与否）都留给了同事、朋友，或者对我们有用的售货员。我们不再有没有缘由的微笑，比如只是因为天气很好，比如只是因为我们在散步，又或者只是因为我们很高兴看到别人的笑容。这种巴黎式的阴沉的面孔如何传染了这么多的人？什么？微笑显得不严肃，会让人觉得很土？或者是因为害怕招来一个讨厌鬼，比如一个小混混，或是看起来就不像好人的家伙过来跟你攀谈？

他来到圣·米歇尔大道，在他看来，这里似乎失去了很多曾经的光彩。

最后，他进到卢森堡公园，向那个大水池走去。淡淡的水汽从他双唇之间冒出来，走了这段路让他的身体暖和了起来。

有几只小船在水面微微摆动。他看着它们，带着一种安宁的感情。嗯，他可以奖励自己一杯热巧克力，今天不是周末，时间还早，他不会等太久的。

他朝美迪斯喷泉走过去，在喷泉厅的露天咖啡座上选了一个位置。冬日的阳光从光秃秃的树枝之间洒落下来。

另一张桌子旁边坐着一个女人，她背对着他。她穿着一件彩色收腰大衣——卡特琳娜是怎么说的？啊对，“枯叶色”——头上戴着淡绿色的无边软帽，跟她的围巾和手套是一套。红棕色的枫叶印在了亚历山大的脑海里。

女服务员端着一只银色的托盘出来了，托盘上有一只非常漂亮的彩陶杯子。她来到那个女人的桌子前，试图说服她的客人：“您确定更喜欢待在外边？天气还是挺冷的。这个季节只有抽烟的客人才会坐在这儿，还要冒着感冒的危险。”

“我挺喜欢的，很安静。谢谢。”

这也正是亚历山大所想的：这里像是世界上最大的城市之一的中央的一个安静的盒子。那个女人说话带着一点轻微的口音，但他听不出来是哪里的口音。

“好吧，您喜欢就好。这杯巧克力还热着，请您尽快享用。”

服务员给人很舒服的感觉，她向他走过来，等着他点单。

“我也一样，请给我来一杯热巧克力。”

服务员走了。就在这时，那个背对着他的女人摘掉了她浅绿色的帽子。她的头发是深棕色的，剪得很齐，散在她大衣肩膀处的“枯叶”上。在还没有看到这位女士的其他特征之前，他就站了起来，声音中带着焦急，问道：“黛丝媞妮？黛丝媞妮·阿赛尔？”

那女人转过身来，嘴角有一丝微笑。然而，并不是黛丝媞妮。她也是棕色头发，雪白的皮肤几乎是半透明的，眼睛是少见的浅茶色，眼神在冬日的阳光下显得更加深邃。她应该是 25 岁左右。

“您好，亚历山大·柯罗诺斯。您走得太快了。”她的声音很温暖，有点低沉。

亚历山大有些吃惊，回道：“嗯？”

“我叫爱洛伊斯·瓦尔。您看，跟阿赛尔非常相似。这两个姓氏都是枫树的意思，一个是爱沙尼亚语，一个是拉丁语。”

他彻底糊涂了，用几近生硬的语气问道：“您是怎么知道我的名字的？”

“啊，这不难，我们是住在同楼层的邻居啊，在昂吉安路。今早我去小超市的时候看到您从面包店出来，跟着您一路来到了这里。您没看见我。您在大水池旁边停下来的时候，我突然想喝一杯热巧克力。您走得太快了，真的。我们的心走得太快的时候，会错过很多很多东西……”

亚历山大明白了，他又一次走得太快了。约纳斯曾经看到一个黑人女人，棕色头发；他看到的是一个白皮肤女人，棕色头发；如果宋金也看到他的命运，或者至少那个守护着他生命的岔路的“人”，应该是个亚洲女人。不过，对于那个长途司机来说，命运永远也不需要出现在他面前，去指出他的错误和盲目。

服务员再次出来了。爱洛伊斯·瓦尔指了指他，决定道：“这位先生让我坐过去。我们是邻居。”

他终于有种在气垫上轻轻着陆了的感觉。他感到生命的列车刚刚在对的月台停了下来，他终于能上去了。

尽管他担心看上去会很傻，或者有点挑逗的意思，或者两者都有，他还是没能阻止自己问出那个已到嘴边的问题：“您认识……嗯……黛丝媞妮·阿赛尔吗？我把您当成她是不是让您很吃惊？”

“不会。可是，我想我肯定见过……和她相同的那个‘人’。有一段时间了。当然了，就我的情况来说，是个男人，一个看不出年龄的男人。他有一双蓝色的眼睛，浅蓝色，跟您一样，也是一样的卷发。您知道，当我们说一种只是一部分人说的语言，我们所明白的东西是很让人震惊的。您知道，有些……连接会更快地建立起来。比如，靠着词根，我们能很轻松地进入别人的思想。我是政治翻译。应该说是曾经是，直到三个月之前。”

亚历山大一点也没听明白。可是，他肯定这并不重要，至少当时不重要，他以后再好好研究。生活在他面前打开了一条长长的大道。这条路肯定一直都在，只是他之前没看到。他问她："您都说哪国语言？我除了法语，只会英语，还是说得不是很流利那种……"

"我是法国人，我上学的时候学了英语和意大利语。我有我父亲的德国和爱沙尼亚血统，和我母亲的西班牙和葡萄牙血统。"

"哇哦，那您应该是翻译界的翘楚了。"

"但愿如此。可是，政治翻译这个职业很沉重。首先，就是责任问题，只要一个词译得不对就可能带来很严重的后果。其次，就是职业机密，这个当然要严格保守。尤其是最后这点，除了某几个特殊的，那些政治家意识不到你并不是机器。一连几个小时的翻译他说的所有的话是非常累的，更要命的是他不会注意他的语速、他的发音。有时候，他甚至会犯一些无足轻重的小错误，而你还要去替他纠正。比如，他搞错了对方的名字，或者对方夫人的名字。你会在大半夜接到电话，然后飞到地球的另一端。但是另一方面，待遇很好，高级酒店、高级饭店，还有就是你成为那些'历史'时刻的见证人。这很吸引人。可是，你得任人差遣、摆布。"

"我们越是掌握这门语言，越是把无聊无限放大，很正常。"

亚历山大总结。

她笑了起来，他很喜欢她的笑声，轻且柔。她真的很漂亮，是一种不一样的美，是那种在女人堆里你也能一眼就注意到而且终生难忘的女人。她摘了浅绿色的手套，他打量着她的手——修长，短短的指甲上涂着略带粉色的透明指甲油。她继续说：

“我在地球上飞来飞去已经好几年了，我很喜欢这份工作。但是，它的魅力一点点地变得模糊不清。我决定让自己停下来，思考一下。帕特里克跟我说您从美国回来了，那是我很喜欢的一个国家，尽管我只是在那里转过机，我也很满足。”

“帕特里克？”

“古纳尔先生。自从我来到这儿他就一直对我很热情。我的行李箱丢了，他借给我很多应急的必需品，床单、毛巾之类的。”

“我都觉得有人在我走之后给他做了大脑移植。”他带着有点讽刺的语气说，“我是指古纳尔先生。”

“刚一接触，我们会觉得他是个怪老头，其实这种人只是很害羞。”

女服务员过来让他们结账。亚历山大向爱洛伊斯发出邀请，她也刚刚做了同样的事。

“好了，轮到我了。还跟刚才一样？”

“非常乐意。”

他们一边高谈阔论，一边品尝着第二杯热巧克力。亚历山大感觉很好，他甚至觉得可以一连几个小时都坐在她对面。从爱洛伊斯放松的态度来看，她也应该感觉很不错。天气开始越来越冷了，但是他不想让这次见面、这次谈话就此结束。

一片树叶飘落在他们的两个大水杯之间，树叶中间有一块泛白的红棕色苔藓。这是一片枫叶，橙红色。亚历山大一点也不惊讶，伸出手想去拿那片叶子。

爱洛伊斯把食指放到嘴唇前，小声说："别动，利用这个机会，好好看看它。起风了，它马上就飘走了。看看它，嘘——深呼吸。"

他仔细地看着那片叶子，它因为脱水而变硬，非常匀称，让人觉得像是画出来的。他沿着蹼状叶脉的走向观察这片枫叶。他发现他呼吸的节奏变得更有规律——两个节拍一吸气，三个节拍一呼气，他感受到爱洛伊斯的呼吸比他的还慢。那片叶子从白色的桌布上飘落，飘向了远处。他听到那个年轻女人用欢快的声音说道："当我离开树枝飘向大地，我向大树示意，并跟它说'我很快会回来再见你'。"

"这是谁说的？"

"释一行，一位……"

"伟大的禅师。"

"你知道他？"

他感觉非常好，都没发现她已经用“你”跟他说话。

“也不算。黛丝媞妮送了我两本他的书。”

“太好了！我们回去吧，坐公交怎么样？对我来说，你走路太快了。现在已经 11 点了，我请你吃饭怎么样？你知道的，就在你家对面。”

他跟着她。当他们沿着大水池走的时候，他看到那片树叶——他们的树叶——落到了水面上，像一叶脆弱的小舟。爱洛伊斯用食指指着它，高兴地说：“看它周围那些慢慢散开的小波纹。这些欢愉的小波纹，是流水的微笑。大树、落叶、流水，是永恒使我们看到的情感。”

亚历山大还是小男孩的时候，他总在这里玩他的小帆船，流水跟他笑了千百次。可是，他从来没见到过。

她向他伸出手，跟她温热的皮肤的接触让他有点不知所措。在一种令人眩晕的清晰的意识下，他知道他刚刚登上了他真正的人生的列车。更准确地说，爱洛伊斯示意让火车停下一会儿，好让他来到她所在的车厢。他坐好，享受着这段旅程，不再害怕他们将要遇到的多重岔路。

亚历山大·柯罗诺斯回想起诺曼底那个美妙的清晨，想起他在那道双彩虹出现的时候许下的愿望。他的愿望在他头脑里迸发出来，他都没来得及考虑。他是幸运的，因为如果他考虑一番，他很有可能许一个这种类型的愿望——中一百万欧元的乐透。对他来讲，这是相当白痴的愿望，尤其是他从来不玩乐透。他的大脑，或者说他的本能没有选择这个，而是以一种不容置辩的方式，迅速地做出决定：我想让我的人生成功，我想生活。

有生以来第一次，一个清脆、从容的“不”字，打破了他一贯的保护网（经常是“不”转变成“嗯，为什么不呢”），在他头脑中成形。一个真正的“不”，不是与人争吵，一触即怒，因为实际上，这是一种不确定。“不”，他不会跟于贝尔·德拉维涅谈论职位的事，他第二天就会给他打电话，感谢他，取消跟他的会面。“是”，亚历山大要去做生命中的其他事。就是现在！

安东尼说：我们又回到了“不”这个话题，当然了。注意！得是一个真正的“不”，一个让人感到我们不会再朝着他们（有时候是我们自己）指给我们的方向前进一步的“不”。一个软弱、不确定的“不”可以很容易地变成“为什么不呢”，这是不可靠的，我们的谈话对象能马上感觉到。然而，这种“不”应该符合一种现实，符合我们所想。说“不”并不是为了说“不”而说，不是为了毫无理由地跟所有东西作对。又一次，我们对自己也要很谨慎。实际上，我们也可以鼓励自己很轻易地说“是”，只是事后我们会后悔。

毫不隐瞒地说，我自己也是个不想因为说“不”伤害、惹恼他人的老好人——只是为了让对方高兴、为了让对方觉得我人很好。直到有一天，我意识到我经常忍受别人践踏我的精神。这种态度给我带来非常负面的影响。我强迫自己做说“不”的练习，这其实是一种约束。说“是”已经成为我为人处世的组成部分，以至于我不得不强迫自己去“掂量”对方的要求，看它是否让我满意。简言之，就是为了知道我，安东尼，想回答“是”或者“不”而不是一贯地回答“是”。我从一小步开始，没有什么太大的野心，只是小声地说“不”，为了重拾这个音节、这种自由的气息。其实，当我们决定改善某种行为，当我们选择去另一条岔路，永远不要跟庞然大物硬碰硬。这是在终点之前放弃，或者说陷入痛苦的漩涡中的最好的办法。简单地说，就是反其道而行之。不要让自己处于一种痛苦的境况，强迫自己实行一种我们不能支撑的不和谐的解决办法。这个“不”就是个解放者，它就应该是，而且要继续保持这个身份。我们都知道：不能把握一个好的解决办法会给我们带来一种失败、泄气的感觉，非常难受，所谓的良方反而成了比疼痛更让人难以忍受的东西。这就好比一些想减掉几公斤肥肉的人，把目标定得太高、太快，大部分人埋怨自己缺少自觉性的同时就动摇了。不，这只是由我们大脑的耐力产生的一种自食其果的效应，它不希望我们白白地“虐待”自己，因为我们完全可以以另一种更友好、更平和的方式来达到目的。加之，一个过于好斗的决定或者解决办法会让外露的挑衅性一触即发。同样地，这也是个不合适的计划。因为我们不会得到预期的结果——这是不可能实现的，因为我们让自己苦恼，通常会以过分地埋怨他人而告终。至于学习说“不”，当然不是武断地说“不！滚远点”（除非是在特殊的情况下）。根据常规报告来看，我们现代社会的挑衅性通常是一种个人的不安全感的证明，而这种不安全感也可能是由隐藏着的苦恼造成的。在确实的冲突的情况下，挑衅性会为自己辩解。如此说来，面对一个真的很过分的人而做出相应的发怒的反应是合理的，甚至是正确的——无论是心理上、职业上、夫妻之间、家人之间或者其他别的什么情况下，我们都有权利捍卫我们的“领土”。相反地，一种机械的或者立刻表现出来的挑衅性是一种恐惧的表现。并且正是因为这样，我认为不能说“不”在这里也是一种挑战。不说或者不能再说“不”，在某种程度上是害怕接受一些不可接受的东西，对我们自身无益，让我们感到很不舒服。另外，经验也证明了我们接受了那么多事后追悔莫及的事，就是因为我们没有说“不”。这些事让我们头昏脑涨。举几个你们可以对号入座的例子，我（嘿，你们并不例外，我也是你们一伙的）敢肯定有一个别人低价转让给我们的理财产品；一次我们并不想要的冷冻食品送货；一个从早到晚一直烦我们的同事，而我们想读书或者听歌；那些我们并不熟悉的不速之客在某个周末闯入你家（这样，他们不用付住酒店的钱）；一个跟我们借网球拍、衣服、汽车的男性或者女性朋友，过后却还给我们一件破损的东西等等。可是，在这之外的影响更为严重——我们埋怨自己，因为我们做了让步，甚至我们预感我们将会是“案板上的肉”。所有这些都因为我们（很）有教养，我们希望做个好人、做个讨人喜欢的人。于是我们对自己做了一个“我真是蠢死了”（诸如此类）的负面评价。为什么我没说“不”“不好意思”“我不能”“我不想”？我们让自己不舒服，有时候是持续的，因为我们不会说或是不能说“不”。可是，这一秒，这个简单的单词能让我们避免一种痛苦、忧愁，甚至对这个人的仇恨。这就是为什么要平静地学习或者重新学习说“不”。一秒钟，一次吸气，一个让人信服的“不”，事情便到此为止。

我们得重新拿回说“不”的权利。轻轻地，不必用力，不必强迫自己做一些会让你紧张、不舒服的练习。不带挑衅性地说“不”，只是因为我们不愿意，没有任何理由让我们让步而去接受一种不舒服。例子比比皆是。我相信你们一定能说出十几个。当然，我们冒着得罪某些人的危险，但他们活该生气。有些人侵入我们的生活，没有问过我们的意见，因为这解决了他们的问题，或者这能让他们打发时间。另外，有时候他们甚至是无意识的。这正是这种情况——一个同事在火车上跟我们讲述他前一天晚上都做了什么，吃了什么，跟他女友说了什么，他女友又回答了他什么——为什么让我们烦躁不堪。我只听到了叹息声，邻座陌生乘客对他的喋喋不休的笑声的厌烦。如果这时候你像我一样被这个“不”困住了，不用慌张。我们中的很多人都经历了这个阶段。我们可以在心里说出一个清晰的“不”开始，我们可以自我赠送一份“不礼貌”的豪华大礼。当这是我们应得的时候，这能减轻我们的痛苦。我们在心里跟话多的同事说“不”的同时再加一句“我对你的球拍、你的干眼症，还有阻止你戴隐形眼镜的女朋友不感兴趣”。心里说这些的同时嘴角要一直挂着微笑，没有任何理由觉得自己不能做到。我们这么做只会保护我们的时间和空间。

然后某一天，在火车上选择坐一起的座位的时候，我们用友善的口气跟同事说：“我想坐在这儿（一个单独的座位），我想把我的书读完。一会儿见。”也许会让他恼火？这又怎么样呢？难道我们更喜欢每天早晚都被他烦吗？他恼火也许是因为他并没有发现他让我们很反感。还有另一个可能的假设——也许他是想给我们解解闷，给旅途增添点色彩，并且向我们表示友好和亲切。

我现在要深入一扇敞开的大门，在某种意义上，我们每个人都身在其中。存在着很多需要说“是”的情况，即便有时候我们并不是十分情愿，因为我们真的能帮上忙，因为我们要建立一种人类间的联系。同样地，各种例子纷纷涌进我们的脑海：

这个人需要跟我们倾诉，因为他真的遇到了困难，一只倾听的耳朵能减轻他的痛苦；另外这个人需要我们帮他去超市购物，送他的孩子们去学校或者照顾他的猫，因为他遇到了一个让他不能做这些的客观问题。这些情况下，就涉及了人类之间的美好的关联，涉及向另一个遇到困难的人伸出援手，比如被生活羁绊的人。这时我们的选择是帮助他们，因为我们认为这是在做一件好事。人们不再强迫我们说“是”，我们自己决定说“是”，甚至走到前面，提供我们的援助，不要回报。

回到“不”这个拯救者这里，它指出“这就是我内部领地的界限，请不要践踏。你的人生很重要？是的。但我的也同样重要”。于是，我们看到我们真正真诚的、众多的“是”变得重要、慷慨、美丽。

十九分钟之后

安东尼说：如果亚历山大没有听到叹息声，没有看到流水的微笑呢？

我们都知道完全地虚构另一个结局并不容易。

所以这个“没有看到流水的微笑”的版本是在很多其他的版本中一种特别的假设。既然我选择了这个版本，无疑是因为它是另一种逻辑里最根本的——这个版本中有很多的盲目。很多的过去的一分钟试着给我们指出岔路，然后消失了，因为没人注意到它们。

12岁的亚历山大·柯罗诺斯，在母亲死于癌症之后，由姨妈卡特琳娜抚养。她是个单身妈妈，有一个四岁半的儿子，叫劳伦。卡特琳娜有点叛逆、有点任性，她热爱生活，这很符合她的性格。亚历山大从来没见过和她花园里的玫瑰一样漂亮的玫瑰、一样美妙绝伦的白色绣球。花园离图尔不远。她对他来说是一份绝对被认可的双重的爱。实际上，在长大的过程中，他明白了他是有多么害怕只剩自己一个人，就像个孤儿。他那个不靠谱的爸爸什么都养不活，哪怕是一盆绿植。

临近高考的时候，亚历山大第一次问了自己这个他无法回答的问题："我想做什么"。他没有什么特别想做的。于是他读了会计的本科和管理学的硕士。作为一个在外省长大的人，他"北上首都"是为了得到一份对他来说不错的会计工作——主要做遗产管理。他是公司的管理层，待遇很好，没有外债也没有贷款。他在第十区的一个光线很好的一室一厅的房子里安了家。

他在巴黎的新生活伴随着一种十分隐蔽的、逐渐的蜕变，他慢慢地注意到了这一点。他先是被这座大城市惊呆了。然而，这种莫名的无休止的感觉最终让他想到了他曾经长大的地方。他大部分儿时伙伴都留在了图尔地区。

尽管如此，生活还在继续，更确切地说是很舒适、安宁。当然，某天，他会跟所有人或者说几乎所有人一样，结婚、生子。他很喜欢孩子，这当然是因为他对他们一点也不了解。可是，无论他怎么努力，他都无法想象他四五十岁的样子。另外，他十年、十五年后的未来似乎也是模糊的。

他的单身生活很适合他。感谢卡特琳娜姨妈，他成为一个自立的人。他楼下和蔼的女邻居给他送来很多好吃的饭菜，提高了他的生活质量。那是一个上了年纪的女人，名叫埃莉斯·布赫嘉德。他们有时候会在一起喝一杯。她得了坏疽，后来在医院去世了。她曾经有糖尿病。亚历山大对她的死表示非常伤心。另外，她已经八十多岁了。

确实，有时候一种扩散开来的悲伤会把他包围。一种受够了的感觉。没什么很严重的，只是诸如他从这一天过到了另一天，周一和周二、周四、周五都一样，这类思绪困扰着他。除此之外，几乎没有什么特别的。可是，我们都是这样，不是吗？

亚历山大偶然认识了苏菲。马歇尔，那个他几乎每天中午都会去吃饭的餐馆的老板兼大厨，把她安排跟他一桌，因为没有别的位置了。她很漂亮，苗条，中等身材，一头长长的金发，用一支发夹束在脑后。苏菲是一家大出版社的人力资源助理。约会几次之后，他们成了恋人。苏菲自我感觉很好，幽默聪慧，很好相处，跟她做爱也很舒服。卡特琳娜张开双臂迎接了这个年轻女人，可是，亚历山大感觉到他姨妈有所保留。他有机会跟她——这个他像爱自己的亲生母亲一样爱着的女人，甚至比爱他母亲还多，因为对母亲的记忆已经变得模糊——单独交谈时，她反驳道："她非常出色，真的，而且她很漂亮，最重要的是她很爱你。"

"但是？"

卡特琳娜半眯着眼睛笑笑，犹豫了一下之后回答："我不知道，亲爱的。我一直有这个愚蠢的想法，你妈妈曾经是一颗很耀眼的星星，为你照亮前路。好吧，我说的话很傻。"

"然后呢？"

"然后……当有一颗星星一直单独地跟着我们的时候，我们会抬起头看着它，吸取它的热量。”

“星星是不会发热的。”

“这要看是哪颗星星。这一颗，是会发热的。我跑题了，别听我瞎说。她很不错，苏菲，我很喜欢她。”

没有过多地思考，三个月后，他向她求婚了。他很爱她，他们的关系也正好符合他的心意。他是真的爱上她了吗？他不能回答这个问题。可什么符合“爱上”这个词组呢？这在他们身上就很适用，他们相处融洽，一起开玩笑。他们搬到位于十三区的一所更大的公寓。第一个宝宝，哈法埃尔迫不及待地出世了。苏菲那时 26 岁，她想要两个孩子。

日子一天天地、稀里糊涂地过着。日子堆积成月，月又成年。先是没有了笑声，接下来是语言。他们日常生活中仅剩的就是哈法埃尔、饭菜、日常开销、周末或者假期准备。唯一的绝对的爱就只剩下他对他儿子的感觉。哈法埃尔成了一种有魔力的护身符、一种补偿。亚历山大从来没问过自己为什么“补偿”这个词总是在他想到儿子的时候出现。“补偿”这个词意味着他受到过伤害。似乎哈法埃尔是因为他的错误造成的失败的人生中唯一的盲点。其实，他本可以放弃跟苏菲结婚。她没有为了把他带到市长助理面前而拿枪抵着他的太阳穴。另外，是他向她提出结婚的，尽管反过来，她也曾经那么迫不及待。

之后，在 2010 年，第二场大灾难毁了亚历山大的生活。

卡特琳娜姨妈死于动脉瘤破裂。悲伤让他窒息，他甚至不能表达自己的情绪，不能哭泣；苏菲意识到了他的痛苦，但是她无法测量。在拿着他那部分遗产进行投资之前他们耐心地等了两个月——另一部分遗产归劳伦所有。这天晚上，她提出了她的观点：保留他那半家族房产也许并不是最明智的选择，老房子的维护是很贵的。保留又是为了什么呢？每年回去过几次周末？相反地，为了哈法埃尔和他们希望的第二个孩子，这笔钱将会成为他们买一套更大的房子的保证金，不是吗？如果苏菲知道他有多疼，他的灵魂是如何在滴血，她永远不会问这个问题。她会把他抱在怀里，安慰他，亲吻他。但是亚历山大当时无法用语言描述他那可怕的悲伤。他看着她，好像他不再认识她。他站起身，把餐巾扔在他的牛排和绿豆角上，摔门而去。

他脑袋空空地在巴黎的街道上飘荡到凌晨一点，回家之后看到苏菲像个小婴儿一样蜷缩在客厅里的橘黄色皮质沙发上。无休止地哭泣让她的脸都变了形。她两眼红肿，还挂着眼泪，扑到他怀里，语无伦次地说："我们不再是夫妻了，只是生活在一起的两个人，有一个孩子，分享着同样的习惯和同一张床。这并不够啊，妈的！做点什么吧，亚历山大，我求你了，我爱你，做点什么吧。"

他深吸一口气，绝望地承认："我做不到，对不起。我去亲一下哈法埃尔。我不会吵醒他的，你别担心。去睡吧。"

生活又按部就班地开始了。苏菲曾经那么害怕他不再回来，她绝口不再提起那个可怕的晚上。她那么爱他，他几乎符合她所有的期许，她无法想象没有他的日子。苏菲很聪明，她不固执，也不会钻牛角尖。她不能容忍不被爱，不能忍受屈辱，不能忍受被忽略。可是，她准备好做出让步，如果这样能够让亚历山大觉得幸福。其实，她在嘲笑自己：在这儿生活，在别处生活，换工作，都有什么重要的？她只想要亚历山大、哈法埃尔，然后再要一个孩子。她想要一种真正的结合，一种一直带他们走到生命的尽头的承诺。可是，她感到她老公在逃避她，这种隐蔽的、他自己都没有意识到的逃避让她惶恐不安。

经济危机开始在亚历山大的工作中显现出来。客户已经被大胆的银行投资掏空，而他们并没有觉察到危险。亚历山大没有做这方面的投资——不，还是有一点，但是也仅有一点。他的客户非常感激他的谨慎，这帮他们从银行业的萧条中挽救了大笔的资金。他的老板于贝尔·德拉维涅把他当成他最好的王牌之一。再加上有了哈法埃尔之后，他有了家庭负担。这是解雇一名没有犯过错的员工，同时也把伤害降到最低的时候要考虑的一个方面。一个叫托马斯的同事被解雇了。其他人真诚地为他感到惋惜，也为保住自己的工作而松了一口气。大家都是人。

然而，这个周五，当他收到德拉维涅的邮件，让他下午四点去见他的时候，亚历山大明白这把“铡刀”还是落下来了。于贝尔·德拉维涅给他开出的条件是合理的。尽管如此，当亚历山大离开他的办公室后，几乎有种他在另一个平行的现实中演变的感觉：他在这里，但并没有真正地在这里；他是他，但也是另一个人。他决定冒着飘雨的寒冷走着回家。所有的一切都在他脑中搅到一起，来来回回，杂乱无章：他妈妈，他姨妈卡特琳娜，苏菲，解雇，这个不好不坏的城市，失败但又不完全失败。唯一的亮光就是哈法埃尔，他招人喜爱的左侧脸颊上有一只酒窝，他是他的宝贝。他的宝贝在他走进他房间的那一刻，在他把他举起的那一刻或是他抱着他转圈的那一刻，会发出刺耳但幸福的尖叫。

当我们拥有一颗特别的星星，我们会抬头看向它，吸取它的热量。

他抬头看向微蓝的黑色天空，撒满了繁星。他穿过那条沿着中心公园延伸的路。天气好的时候，他会去公园里吃个三明治。这是一个非常漂亮的公园，夏天的时候很惬意。公园里的树有很多异国树种，给予人们一种表示欢迎的清凉。亚历山大感到他的两腿发软，他在一层被淋湿的枯叶上一滑，倒在了路上。他低声抱怨：“妈的！真倒霉！”

那是一些枫叶。

那辆小型白色卡车的司机开得很快，他在电话里跟他女朋友吵了一架。他扔下手机,张开嘴大叫一声。他使劲踩下刹车。太迟了。

一个高个子女人，有着剪得齐齐的深棕色的头发和苍白的皮肤。她转过身来。她的手紧贴在双唇上，泪水模糊了她浅茶色的视线。她闭上双眼，喉咙中发出一声嘶哑的、痛苦的叹息。

安东尼说：不要悲伤。我在开始就跟你们说过了，这只是众多可能性中的一种。

实际上，在一个阳光明媚的冬日的清晨，亚历山大决定去看、去观察流水的微笑。他追随着那片落在两个漂亮的白色水杯之间的枫叶。他终于把一分钟留给了永恒向我们眨的一下眼。

无疑地，他已经知道，在他完整而长久的生命中，他很愿意看到托盘上放着两只白色的大水杯，在床上同她享用早餐。

第二种可选的结局

安东尼说：这是另一种结局。它是在亚历山大没有看到流水的微笑、没有感觉到那永恒的一分钟的情况下，可能发生的结局有很多种的证明。这个结局证明了生活的慷慨——它又重新给我们一个重要的一分钟和很多基本的岔路。

他母亲死于癌症的时候，亚历山大 12 岁。他的姨妈卡特琳娜在她那栋图尔附近的漂亮房子里把他抚养长大。她对他来说是一份绝对被认可的双重的爱。这次灾难之后，他曾经极度害怕自己一个人，就像个孤儿——他那不靠谱的爸爸不能养活任何东西。

高考临近的时候，亚历山大第一次问了自己这个他无法回答的问题："我想做什么"。他没有什么特别想做的。于是他读了会计的本科和管理学的硕士。他在巴黎找了一份很好的工作，是管理层，工资很高。没有债务，没有贷款，加上卡特琳娜的担保。这种很受房屋中介赏识的条件，让他在十区找到了一处光线充足的一室一厅。他楼下的和蔼的女邻居给他送来许多好吃的饭菜，改善了他习惯于购买熟食的单身生活。她是一位上了年纪的老人，叫埃莉斯·布赫嘉德。他们有时会一起小酌一杯。爱丽患有糖尿病，得了坏疽之后，在医院去世了。他很伤心，也很后悔。

他先是被这大城市搞得晕头转向，这种莫名的感觉最终让他想到了他曾经长大的地方。他大部分儿时伙伴都留在了图尔地区。

在巴黎相当舒服的这几年里，亚历山大几乎没有关心过他的未来。当然，某天，他会跟所有人或者说几乎所有人一样，结婚、生子。他有过几次恋爱经历，有一次还持续了一年。可是，未来的十年、十五年对他来说还是相当模糊的。

有时候一种扩散开来的悲伤会把他包围。一种受够了的感觉。没什么很严重的，只是诸如从这一天过到了另一天，周一和周二、周四、周五都一样，这类思绪困扰着他。除此之外，几乎没有什么特别的。可是，我们都是这样，不是吗?

亚历山大偶然认识了苏菲。马歇尔，那个他几乎每天中午都会去吃饭的餐馆的老板兼大厨，把她安排跟他一桌，因为没有别的位置了。她很漂亮，苗条，中等身材，有一头长长的金发。苏菲是一家大出版社的人力资源助理。约会几次之后，他们成了恋人。苏菲自我感觉很好，幽默聪慧，很好相处，跟她做爱也很舒服。卡特琳娜张开双臂迎接了这个年轻女人，可是，亚历山大感觉到他姨妈有所保留。她不说，他也不会深究。

“只要你确定你的选择，我挺喜欢她的。”

没有考虑太多，他和苏菲在2009年的春天悄悄地结了婚。如果有人说这场婚礼完全缺少礼仪，过于精打细算，那亚历山大会很生气。他反驳说排场并不能预见夫妻间的真实感觉。这非常正确。卡特琳娜没有做任何评论，可她为苏菲感到难过。她为自己准备了一套非常优雅的浅灰色礼服，在美容院和美发店花了好几个小时。

亚历山大很爱他的妻子，他们的关系也很适合他。他爱上她了吗？他那时也不能回答这个问题。这是两个人的事，他们相处融洽，这就是最重要的。他们搬到巴黎十三区一处更大的公寓。他们第一个孩子，哈法埃尔等不及了。苏菲那时26岁，她想要两个孩子。

第二个大灾难又摧毁了亚历山大的生活。他曾经经历了他母亲伊丽莎白的死，他的姨妈卡特琳娜在2010年死于动脉瘤破裂，她还不到60岁。悲伤让他窒息，甚至让他不能说话，不能哭泣。

他在他的伤痛之上盖了一个大盖子。他违心地接受了苏菲的建议——把属于他那部分的家族的房子卖给他的表弟劳伦。这是为了能拿出一笔可观的、买一处更大的公寓的保证金。他埋怨她的这个主意，可他甚至都没跟她解释这座老房子对他来说有多么重要。他是在那里被拯救、被养大的；也是在那里，一个不是他母亲的女人、一个他只见过几面的女人爱护他、托起他、用给她儿子同样的爱把他抱在怀中。他也埋怨自己没有跟她说："不，我不想卖。跟劳伦一起拥有它对我来说很重要。"苏菲会明白的。她爱他，绝对不会让他做一个会伤害到他的决定，但是他选择了一个简单的"是"。

日子一天天地、稀里糊涂地过着。日子堆积成月，月又成年。先是没有了笑声，接下来是语言。他们日常生活中仅剩的就是哈法埃尔、饭菜、日常开销，周末或者假期准备。唯一的、绝对的爱就只剩下他对他儿子的感觉。哈法埃尔成了一种有魔力的护身符、一种补偿。爸爸一回家，哈法埃尔就会欢笑、幸福的尖叫。亚历山大从来没问过自己为什么"补偿"这个词总是在他想到儿子的时候出现。"补偿"这个词意味着他受到过伤害。似乎哈法埃尔是因为他的错误造成的失败的人生中唯一的盲点。其实，苏菲没有为了把他带到市长助理面前而拿枪抵着他的太阳穴。

生活按部就班地过着。苏菲从来没感到过她的丈夫在逃避她，她从来没注意到这种暗藏的逃避。在所有人的眼里，包括他们自己的眼里，他们都是一对完美的模范夫妻。可是，她想要的第二个孩子拒绝跟他们相见。于是，她安排了很多的外部活动——为了缩短漫长的夜晚中夫妻间的沉默。

2025 年，巴黎。一个像晴天霹雳一样的消息传来，亚历山大用了好一会儿才明白过来。于贝尔·德拉维涅，他的老板，在一场车祸中丧生了。他是一个不错的人，正直，曾经在2008—2009年的经济危机中把他的西部信托保存了下来——但解雇了大部分职员。他问自己这是个怎样的男人，他经历了怎样的人生，他的心愿是什么，他的幸福和遗憾又是什么。这是他们长期合作以来他第一次思索这些问题。他对德拉维涅所知甚少，除了他非常喜欢远足。这个消息在他所想的这些之上给了他一击。

因为想着“即便我们相信还拥有很多日子,分钟可以透支，但死亡会随时到来”，他无法集中精神。于是亚历山大走出了办公室。他有一种在平行的现实中发展的感觉：他在这里，但并不是真的在这里；他是他，但也是另一个他不认识的人。他决定在潮湿的寒冷中走着回家。所有的一切都在他脑中搅到一起，来来回回，杂乱无章：他妈妈，姨妈卡特琳娜，他爸爸，苏菲，这个不好不坏的城市，有一点失败但又不是完全的失败。这一天天、一月月、一年年就这么消逝，不值得他为之着迷，也不值得他对它们感兴趣。另外，他确信，苏菲自己也并不幸福。她努力让大家相信他们还是一对真正的夫妻，但是没有人受骗。他们又变成了两个独立的个体，只是分享着同样的年份表、同一处公寓和同一张床。还有，在最后这种情况下，他们睡在同一张床上只是出于习惯，而不是因为他们还对对方有欲望。唯一的光亮，是他的儿子哈法埃尔。他现在已经是个青春期的孩子了。这根只有一个酒窝的“大芦笋”，说起信息技术就像其他人说英语一样。他有很多关于人类的奇妙想法和同情，以及关于那些可以在人类生命中实现的东西的想法。嗯，至少，他没有在培养他儿子这件事上失败。哈法埃尔能为亚历山大消除疲劳，能够让他重振精神，尽管亚历山大丢掉了相信自己会有一个精彩的未来的激情。

夜幕降临了，这是一个刮着风的秋日夜晚。下了整个下午的雨。为了避免踩到那些水坑，他从中心公园绕了过去。天气好的时候，他会去那里吃个三明治。公园里有不少异国树种。大片的枯叶从大树上飘落下来，散落在他的大衣上、头上。有一片贴在了他的眼镜片上。是一片枫树叶，橙黄色，湿透了。他盲目地打掉了它。一声喉咙里发出的叹息声回应了这次并非出于他本意的“对撞”。亚历山大像是触电了一般。他在哪儿听到过这种叹息。这个近乎沙哑的女人的声音，他听到过好几次，但是什么时候，什么时候？是许多年以前，当所有的路都在他面前展开，而他却因为精神上过于古板而没有看到它们的时候。他用手背擦擦镜片，看到一个比他年轻的高个子女人正在盯着他。

他像是突然掉入一个深深的旋涡。他又看到了昂吉安路的信箱的标签。即便那时他的生命就取决于此，他也无法解释这种观念的联合——他自己都不知道为什么。他听到自己用一种急切的口气问道："黛丝媞妮？黛丝媞妮·阿赛尔？"

她有着深棕色的头发，苍白的皮肤几乎是半透明的，一双浅茶色的眼睛，目光深邃，那是一种很少见的颜色。

"不，我叫爱洛伊斯·瓦尔。您看，跟阿赛尔很像，它们都是枫树的意思，分别是爱沙尼亚语和拉丁语。我是政治翻译，应该说，曾经是。"

"嗯……但愿……嗯，但愿我没有撞疼您？有一片……枫叶落到了我的眼镜上。"

"我很好。"她笑着说，"我沉浸在查看信息里。在夜晚走路的情况下，这是个重大错误。嗯，好了，再见……嗯……"

"亚历山大·柯罗诺斯。"

一滴大大的水滴从亚历山大的睫毛之间落了下来，顺着他的鼻梁向下，滚落到地上的一片水洼里。爱洛伊斯满是幸福地拍手，叫道："看！是流水的微笑！微笑的细小波纹。"

她看起来有点犹豫，一丝不确定的微笑在她微微上扬的嘴角显露出来。亚历山大低下头，陷入不解之中。然而他感到列车刚刚在正确的月台停了下来，可是他已经不再拥有生命的第三次礼物。

"这有点粗鲁。但是……我们还会再见吗？我不知道，午餐的时候？"

"非常愿意，亚历山大，真的。"

安东尼说：我重复说它是因为这是真的。跟我们平时所想的相反，生活其实是很慷慨的，只是需要我们去发现它。生活会重新赠予我们大部分被我们忽略的永恒的一分钟，因为那时我们非常忙碌，甚至是被烦恼遮住了双眼。

跳上那列正确的火车，选择那些对的岔路永远为时不晚；听到一声叹息，看到流水的微笑也永远为时不晚。

安东尼

我沉浸在一篇报告的写作之中，非常无聊，我以后再跟你们说细节，那是为了支付各种发票。一小时以来，我脑袋里只有一个念头，就是赶紧完成，叠好这些文件，到露台上去放松一下。突然，我四岁的女儿在她的房间里尖叫了一声。孩子们的这种极尖锐的叫声能震破我们的耳膜，尽管我们知道并没有什么深海怪兽出现在他们的床底下，可以说是一种非常“电影”的叫声。我的手指在键盘上僵住，我犹豫要不要去看看她。第二声长长的刺破耳膜的尖叫出现了。我大步地快速爬上楼。我的小公主紧紧地靠着墙，看着我。她神情慌张，用食指指向她的羽绒被。我什么都没发现，于是我靠近一点，弯下腰——一只半颗米粒那么大的蜘蛛正在粉白格子的被罩上忙碌着。这就是那只来自深海的怪兽。

“弄死它，爸爸。弄死它！”我女儿请求我。

“不，为什么呢？它也没对我们做什么坏事，事实上正相反。”

接下来，我给她上了一节生态学的课，我告诉她家养的蜘蛛可以杀死那些让我们讨厌的昆虫，以免它们过度繁殖；蜘蛛中只有很少一部分会叮咬人类。当然了，它们不如瓢虫那般漂亮、给人好感，可是它们有它们的好处。跟许多她这个年龄的小女孩一样，我女儿也处于她的“瓢虫”阶段。这种可爱的昆虫实际上有很多优点：第一，它们是唯一一种不令人讨厌的昆虫；第二，它们非常容易画和上色，而不至于“破相”得太离谱;第三，我们有很多“真材实料”，比如小发卡、戒指、耳环，还有作为装饰的毛绒玩具。但是让我们回到蜘蛛身上，它们就不这么幸运了。在大约四万五千种蜘蛛中，只有十五种对于人类来说是致命的，但是它们往往不跟我们生活在同一纬度。总结一下，蜘蛛是我们的朋友。教学到最后，我终于放松地笑了。我轻轻地把蜘蛛放到手心里，又把它放到了窗台上。我承认我其实是强忍着恶心那样做的，我之所以成功了，是因为我女儿钦佩的目光。她把我当成她的大英雄，这总是很让人开心的。我不害怕蜘蛛，但是我对它们也提不起什么兴趣。

接下来的事情证明，多亏了这一分钟，我漂亮的小公主再也不害怕蜘蛛了。她看到了她的岔路。

这很正常，她棒极了！

* * *

这个岔路的出现要感谢我的尤达大师们，还有我的那些相遇，这个岔路让我上了正确的那辆列车，让我在一种无疑也不会是灾难性的人生——它既不会让我很满足也不会很和谐，它不会给我一种想要全身心去生活的感觉——面前改变了路线。如果我们不生活，那活着又有什么用？

至于那些跟大多数人一样的、侵蚀我的、致命的回忆，如今也不再总是向我挑衅。我终于足够强大，强大到可以向它们抛去一个冷漠的眼神，这意味着："哈，又是你们！出口在那儿！我不想再见到你们，不，不，不！"

一声安宁的"不"，不带一点挑衅性，但却是一声不容置疑它的坚定性和真实性的"不"。

我现在可以全身心地去迎接、唤醒那些最美好、最有生气的回忆，我知道该怎么把它们放到我精神画廊的正面。

我很愿意用两句对我很特别的中国的谚语来做结束——"不怕慢就怕站"和"与其抱怨黑暗，不如燃起蜡烛"。

也许是这个小故事的"寓意"让我意识到一种精神——与其去抱怨夜的黑暗，不如去点燃一根蜡烛，看看周围，以你的节奏前进，一定要往前走，一小步接着一小步。

尾声

安东尼说：我说了很多。我想跟你们分享一些很重要的东西，有时有很多。我的第一本书《他跟我聊到樱桃树、灰尘以及一座山》完全是个意外。我想说，你们对它的接纳是一个惊人的意外，是我从来没有想到过的。读者们的反馈经常是非常震动人心的——我斟酌之后才用的这个形容词。我有一种很陶醉、很惊愕，但又很惊吓的感觉，因为我们在相同的波段相遇，尽管我们性别不同、年龄不同、个人追求不同、人生路线也不同。我本想在纪念版的后记中表达这种我实在说不清的感觉。你们，我的读者，已经成了一种实体。它构成一块复合能量、一个巨大的太阳，在那上面有很多话语、思考、交流和相互影响的人。好吧，这并不是很清晰，并且有点像20世纪80年代的科幻小说，但这就是我眼中的你们。

有一种现象在我写第二本小说的过程中出现了。这并不是我所想的，也不是我希望的。我跟我的发行人约定，要写一本“哲学小说”，将会跟《他跟我聊到樱桃树、灰尘以及一座山》页数差不多，主题围绕着一些关键的一分钟的重要性和我们在这一点上的盲目。涉及我个人旅行中的相遇和恐惧的本质的真实性。然而，事情突然失去控制了——我开始跟“大太阳”说话。多亏了亚历山大·柯罗诺斯的故事，随着我跟它解释，我的那些关于分钟和其他方面的话题的信仰都混合到了一起。我成功地跟“大太阳”解释了我所想的东西，让我感动、困惑、质疑或者激怒我的东西。我来展示我生命中其他的缓慢的演变，就像重新驯化“不”和整理我的精神画廊一样，这些演变也很不容易，在亚历山大的故事之上。我几乎是在等待电话铃声响起，等待“太阳”上的某个人回应我、做出评论。我当然可以“排除”那些跟“永恒的一分钟”无关的人，把想法留给知道另一本书的人。然而我并没有那样做的欲望，我想如果这时候那些看法强行进入我的思想，那一定是有原因的，即便我并没有明白原因是什么。于是，这本书多了100页，并且走了另一个方向。就是这样，我想把这些告诉你们。就是这样一种方式——当你们对面有一个“大太阳”（很奇怪，让人兴奋但也让人烦恼）的时候，事情已经在你们的头脑里安排妥当。

几个月前，我收到了第一封读者来信，它来自一位女读者，是由我的出版社转交给我的。我说的是一封在纸上手写的信。这封信没有用信封，而是像19世纪那样对折起来。她提到“一条很有趣的路，她刚刚开始走”，没有再说其他的。这封信带着幽默和柔情讲述了那本短篇小说是“如何成为一块她的石子”

的。我连读了两遍这封信，被其内容所震惊、感动。这种“支持”也是为了某种东西。收到手写的信已经很少见了。

我承认我已经不记得 *20* 年前收到这样一封信时是什么感觉了。无疑，我们并没有太注意——就“支持”而言。可是今天，它变成一种惊喜，是一种惊人的努力。电子邮件不太能让收件人感受到你的情绪，于是，我们加入很多表情符号，为了避免被注意或者被误会——“现在，我在笑”“现在，我在生气”“现在，我很伤心”。

谢谢这封手写的信。

增加的章节

安东尼·帕耶在首发式上回应读者对《她跟我聊到枫树、水的微笑以及永恒》这部作品的反响

你们有没有注意到，有时，我们说或者做某件事的时候，只想着眼前的第一时间的满足感。然后，这件事顺着它的规程、道路走远，它接触到其他人，发生改变，又回到我们这里。突然，它就有了另一种我们没有预见到的意义，甚至我们可能都没有注意到。这正是昨天发生在我身上的事。

请允许我跟你们解释一下。我的发行人建议我把《她跟我聊到枫树、水的微笑以及永恒》这本书的校验稿发给那些已经对《他跟我聊到樱桃树、灰尘以及一座山》做出反应的读者。这时，我有了一个非常美妙的想法。她把读者来信转发给我，然后有一种很奇怪的感觉包围了我。我看了看附件，并没有打开。我看了一个叫 E. K. 的女读者写的邮件。我把她的邮件再用阳性[1]重述一遍：我突然觉得像一个圣诞节早晨的孩子……

---

1 在法语中，名词有两种性别：一种是阳性，另一种是阴性。

嘴角上挂着微笑，腹中充满激动，同时还有一种轻微的担心。那件说过、写过的“事情”回到了我身边——那些微波、流水的微笑。一片树叶落到水面上，流水笑了，它的微波会一直去到哪里？要是有人看到它会明白这是一个微笑吗？他或者她也会笑吗？我去给自己弄了一杯咖啡，我还没有准备好。

最后，这个我们都知道的时刻来了，那个“来，我来”的时刻。第一个附件打开之后有 E. K. 的签名。微笑爬上了我的嘴角。她的欢乐、热情——我是想说她的光芒——在她的字里行间跳跃。E. K. 用文字给我带来了一种巨大的乐趣，她带着这种轻快的、完整的、更美好的感觉合上了这本小说。至于我，我重新读了她的文字，带着一种轻快的、完整的感觉关闭了文件夹。

第二个文件夹里是 F. C. 的来信。F. C.（是“一切皆有可能”论坛的读者）跟 E. K. 一样，一语中的——没有什么事是一成不变的，我们决定选择一个新的方向，向着更好的、最好的前进。我接下来又读了一封由 S. L. T. 写给我的信，幽默、中肯。她的信里提到了2015年6月30日的某一分钟多出来的一秒钟[1]。这微不足道的一秒钟让很多人都惊慌失措，从航空公司到大的网络运营商。这难道不是一秒钟具有极大重要性的无法回避的

1　2015 年 6 月 30 日这一天不只有 24 小时，这天多出来一秒钟。

证明吗？ S. L. T. 用一种非常明快的风格解释，她阐明了一种不可争议的重要性，她感到有些一分钟的重要分量能够让我们自我重组，重新感到生机，尤其是那些在她的孩子们出生的时候散落的一分钟。可是，她还是意识到她让某些一分钟溜走了。她用幽默的语气这样说道：“亚历山大的故事是一种‘有益的重复注射’，甚至让她想起了伊壁鸠鲁（Epicure）。”[1]（我得记住这个，这个文字游戏简直完美）

A. C. 和 S. P. 朝着相同的方向前进。不同领域、不同年龄的读者，通过不同的途径，只为了得出一致的观点，这难道不是非常珍贵的吗？我跟大家分享一下他们对人类思想的定义：宿命是不存在的。浪费时间或者误入一条死胡同都没关系，只要我们自己意识到了这一点，只要我们重新开始，只要我们前进的同时敢于坚定地、直接地说出“是”和“不”。实际上，如果我们认真对待时间的流逝、认真对待他人、我们的相遇、那些并不只是巧合的巧合，可能性能够给我们的就是无限的。S. P. 以这句话作为结尾：“如果你听到一个声音跟你谈到枫树、流水的笑容和永恒，停下来，听听它，成为你自己。”

N. A. 和 M-B. P. 有相同的意见，这让我很吃惊。他们真诚清晰地阐述和论证了自己的观点，不过还是有很多问题。M-B.

---

1 “重复注射”的法语为“piqûrede rappe”,“想起伊壁鸠鲁”的法语为“rappel d’Epicurel”，此处为文字游戏。

P. 先是被这种与《他跟我聊到樱桃树、灰尘以及一座山》很不一样的结构弄得迷失了方向，而后，他在信中对第二本小说大肆赞扬。可是，安东尼的第一次介入对他来说就像一场手术，这种感觉后来消失了。开始，安东尼跟他提到了昆虫学家，为了研究经验这个话题；而后，我们又提到“亚历山大在一块没有锡汞的镜子后面”。这让我陷入了沉思，我得出了结论：亚历山大也是（在一切发生之前的）安东尼，是几年前的安东尼。他（我）在他的（我的）漫步中、摸索中、荒谬中自我批评，以他的（我的）第一次介入为论据的一种自嘲是真实的。因为，老实说，很长一段时间他（我）都像一个笨蛋一样设法摆脱困境。至于结构的更改，我唯一的解释——它有它该有的价值——就是下面这个：《他跟我聊到樱桃树、灰尘以及一座山》中的保罗·拉马尔什发现了他的砾石，学会了走路，让他的恐惧大吃一惊。这是向前走、去生活的第一步——当然也是最重要的，它有很大的诱惑力，但是它并不能让我们获得真正圆满、开放、宁静的人生。保罗于是得把接力棒交给亚历山大，以便继续赶路。我思考着：这种逐渐的进展并不是没有障碍的，但是在这个过程中，我收获了很多的——甚至是神奇的——帮助。保罗展现的是安东尼旅行过程中的童年时代。童年时期的惊人的能量能让我们清楚一些选择和优先权的复杂性。我是想说在这方面，成年人太过于看中这种复杂性，从而会过分斟酌、评判和整理。亚历山大总结的则是安东尼旅行过程中的青春期和成人初期。于是他知道用双腿走路，但是不知道他要去哪里，另外也不知道他是否要去某个地方。在多种可能性和不同的优先权之间该如何选择？他首先感到选择他的生活是何等重要，哪怕这种选择是不可靠的。所以，选择，不是一边想着“这个或者别的东西，这可能还会回来”，而让事件牵着鼻子走、让情况越来越糟。亚历山大用了很长时间才得出这种确实的答案。他需要清除丛林里茂密的灌木（他在这里盲目地定位），清除之后，他会足够舒服；他需要给一定数量的不可忽视的优先权分类——先观察和倾听。这好像很容易，但是这无疑涉及最困难的部分。这需要承认一些一分钟和一些生活赠予我们的岔路的巨大价值。不能再把现在简单地看作是未来的垫脚石，要明白现在是减轻过去的伤痛的最有效的工具。或者，反过来，把美好的时光置于光亮之下，全身心地为未来做准备。这个未来，就是寻找自己和他人,很有必要通过重新学习说“不”而达到。这种和谐和精神上的艰苦找寻也要求我们接受过去（但是什么都不能改变），这种没有特权的“整理”为它清除了它有害的能量，或者至少是一大部分。这很不容易。亚历山大不明白这个道理，但他一小步一小步地去发现它；他不能明确地把它表达出来，但他去体验它。还有安东尼，他在亚历山大这条缓慢发展的路的尽头扶着他、帮助他走出来。

还有其他的信——如果一一列举那就太长了，但是它们对提供能量和与那个“大太阳”相互作用的方面做出了很大贡献。其实，这些文章都带有极大的善意和对问题发展的洞察力。尽管它们各不相同，但是它们都有一种激动人心的共同点。它们超越了所有的文学评论，我在它们之中看到了很多谨慎的见证人，还有一些大胆直率的见证人，到处铺满非常个性化的“石子”。当然了，毫无疑问地，我停了下来。我会想象出一个浅褐色头发的女人，有着一双充满生机、炯炯有神的大眼睛；一个高个子带着神秘微笑的金发女人;一个大学生，在书桌后面，被复印件湮没；一个花白头发的长者戴着眼镜草拟他的证词。这很符合逻辑。那些永恒的一分钟对我们而言都有同样的重要性。读这些善意的评论、个人的总结和希望的语句时，我同时感到震惊、激动和震撼。因为我们的生命要去创造，而我们可以随时给它重新定向。

谢谢你们所有人，非常感谢！

* * *

小记：为了以一种特殊的方式回复另一个读者的有趣又诚恳的评论。“评价”（除了法律框架）在我的眼中不是一种客观、简洁、没有互动的评论。首先——尤其——是因为我们有权利做出反应和改变。“评价”可以是一句漂亮话，只要它不是刻薄的、报复性的、麻木不仁的——简单说就是蠢。它向我们的智慧、我们的情感、我们对“好”与“坏”的认知、我们人类的情况、我们的慷慨、我们说抱歉的能力，还有我们说“不，请停下”的能力求救。实际上，如果让我只做客观的、反面的“评价”,我会迷失自己的。我不后悔。可是,那扇门并没有关上。大家还可以自由地提问，测量他们破坏性的潜在能力，去纠正，然后再回来——如果他们是真诚的。除了死亡，什么都不是决定性的。让我们生活，并且好好生活，为了我们自己，也为了其他人。

安东尼